용연향

나남출판

나남포에지 · 002

용연향
(龍涎香)

김정란

나남출판

自序

몇 년 새 많이 고달팠다. 나는 내가 옳다고 생각하는 말을 하고, 그 말대로 살려고 했을 뿐이다. 그러나 기득권자들은 참으로 잔인했다. 몇 년 간의 싸움 속에서 나는 공개적인 자리로 끌려나와 갖은 모욕을 다 겪어내야만 했다.

그러나 운명의 어떤 마련에 의해서일까. 나의 영혼은 크게 흔들리지 않았다. 외적으로 겪어내는 모욕의 강도가 높아질수록, 영혼은 고요해지고 평온해졌다. 몸은 썩었지만, 영혼은 맑았다.

나는 문학이 여전히 인간이 지닌 드문 능력들 중의 하나라는 것을 믿는다. 문학의 힘으로 영혼을 고양시키는 것. 나는 그것 외의 그 무엇도 문학의 이름으로 원한 바 없다. 문학은 경계를 돌파하는 힘이며, 그 힘으로 세계를 보다 나은 곳으로 만들려는 열망을 구현한다. 그것은 여전히 깊고 높고 넓다.

말없이 나의 고통을 지켜준 이름 모를 독자들에게 감사를 드린다. 그들이 보여준 믿음이 아니었더라면, 나는 잔인한 시절을 통과하지 못했을 것이다.

다시 사랑을 회복하며 시들을 묶는다.

2001년 7월 맑은 여름 햇살 속에서
김정란

김정란 시집

용연향

차례

Ⅲ. 계시 또는 천사

용연향*

당나귀 등 위에
내 썩은 혀
한 짐

딩동

문열어라

* 龍涎香 : 몇 종류 안되는 동물성 향료의 하나. 말향고래 창
자 속에 들어있는 이물질이 고여 썩은 뒤 만들어진 값비싼
향료. 향기 성분은 전체의 1%에 불과하다. 그대로는 향기
가 없으나 다른 향료와 작용하여 영속적인 향기를 낸다.

I
눈물의 방

눈물의 방

눈물 속으로 들어가 봐
거기 방이 있어

작고 작은 방

그 방에서 사는 일은
조금 춥고
조금 쓸쓸하고
그리고 많이 아파

하지만 그곳에서
오래 살다 보면
방바닥에
벽에

천장에
숨겨져 있는
나지막한 속삭임소리가 들려

아프니? 많이 아프니?
나도 아파 하지만
상처가 얼굴인 걸 모르겠니?
우리가 서로서로 비추어보는 얼굴
네가 나의 천사가
내가 너의 천사가 되게 하는 얼굴

조금 더 오래 살다보면
그 방이 무수히 겹쳐져 있다는 걸 알게 돼
늘 너의 아픔을 향해

지성으로 흔들리며
생겨나고 생겨나고 또 생겨나는 방

눈물 속으로 들어가 봐
거기 방이 있어

크고 큰 방

가을, 비, 하염없이

여자아이 하나가
하염없이 어디론가 걸어가고 있다

바람은 연갈초록빛
깊이 넓게 흔들리는 별 냄새

간밤에 이슬비가 내렸다, 고
사람들이 나지막하게 속삭였다

타박타박 우주까지 걸어가는
숨죽인 발자국소리 하염없이

오, 달빛

오, 달빛

뼛속 깊은 곳에

슬픔의 강물이 흐르네

천 년 전 나를 향해 떠난

네 눈빛

역사의 뒷길

그 길은 수많은 울혈로 이루어져 있다

그 길은 수많은 사람들의 눈물콧물땀 특히 잘린 혀들로 이루어
져 있다

그 길은 왔던 사람들과 와있는 사람들과 올 사람들의 무수한 자빠
짐 바스러짐 통곡 버림받음으로 이루어져 있다

그 길은 지금도 말을 찾지 못한 유령들의 신음으로 가득 차 있다

그 길은 다른 진화를 선택한 다른 種의 다른 길
그 자체로 처참한 생의 길, 지금은 처참한 길

아주 홀로/아주 함께 걷는 길, 생 자체의 저항을 무릅쓰며

쓸쓸함은 쓸쓸함 혼자

쓸쓸함은 쓸쓸함에게 말을 건네지 않습니다
쓸쓸함은 쓸쓸함 홀로 쓸쓸합니다
쓸쓸함은 쓸쓸함의 힘으로 가만히 서있습니다

쓸쓸함은 쓸쓸함에게 손을 건네지 않습니다
쓸쓸함은 쓸쓸함 안으로 돌아갑니다
그곳, 닫힌/열린 방안, 아주 깊은 곳에
세계를 비추는 거울이 있기 때문입니다

바람은 천 년 전부터 불어왔듯이
어깨를 조용히 만지고 지나갑니다

때가 되면 바람처럼 자연스럽게
이 땅을 떠날 것을 압니다

바람이 삶이며 밥그릇인 것도
바람을 닮기 위해 그토록 부지런히
걷고 또 걸었던 것도

어디엔가 고단한 몸을 누일 곳이 있겠지요
다시는 태어나지 않아도 좋을 만큼
모든 힘을 알뜰히 우주의 허공으로
흩어버릴 곳

우리의 눈물이 세상 모든 사람들의 가슴을
아기인 양 오래 다독여 곱게 잠재울 곳

쓸쓸함은 쓸쓸함에게 말을 걸지 않습니다
쓸쓸함은 쓸쓸함 혼자 무심하고 텅 빈 마음속에

있고 없는 무수한 말들을 담아둡니다

쓸쓸함은 쓸쓸함 혼자 세계의 끝으로 걸어갑니다
모든 그림자들이 지평선 저 너머로 가만히 드러눕습니다
그것들이 이윽고 출렁이는 건

아마 눈물 때문일까요?

또 봄, 기다렸던 봄, 또 봄은 가고

개나리꽃 혼자 피고
개나리잎 혼자 피고

햇빛은 혼자 쏟아져 내린다

난 쓸쓸한가?
별로

난 행복한가?
별로

아무렇지도 않지
올해도 혼자 핀 개나리꽃처럼
올해도 혼자 핀 개나리잎처럼

아무렇지도 않지

난 손금을 개나리에게 다 주어버린다
난 손금을 땅바닥에 다 내려놓는다

누군가 와서 그 손금 주워가겠지

민틋한 손바닥에 얼굴 감싸고
조금 운다

내 손바닥에서 개나리꽃 진다
내 손바닥에서 개나리잎 진다

늦 봄
— 왕가위의 〈동사서독〉

나 복사꽃 그늘 아래에서 그대 안아보지 못했네

오늘 환히 햇살 오월 하늘에 가벼이 날개 흔들며

날 아 가 고

복사꽃 곱게곱게 지네 허공을 붙잡았던 내 손톱들일까

내가 아픈 마음 꽃 위에 담요처럼 덮어주네

이승만 생일까 저 곱게 자는 분홍빛 꽃들
말 배우기 전에 죽은 아기들의 靈처럼

가슴에 넣어두네

어느 생에선가 그것들
무연히 천사처럼 꺼내보리 무연히
열반의 그림자 아래에서

돌로로사*, 서울

돌로로사, 그대 제 땅에 있지 않아
늘 죽고 싶지… 이 땅에서 순결의 힘은
늘 시들지

돌로로사, 악취가 진동하고
썩은 자들의 시체 높이 일어나
거짓의 혀들 창궐해, 이 땅,
돌로로사, 그대가 그대의 물로 하마 다
가리지 못한 거짓의 땅

돌로로사, 고통스러워하는 그대,
차마 마주보지 못하네

돌로로사, 햇빛 가득 찬 투명한 땅으로

그대 데려가고 싶어

돌로로사, 내 사랑, 여기 살아서,
그대… 그대의 아름다움으로 고통스러운
돌로로사, 그대를 사랑해, 여기에서

내가 썩어문드러지면서
내가 썩어문드러져도
돌로로사, 내 사랑

* Dolorosa : '고통의 성모'. 십자가 처형을 당하는 아들을 바
  라보며 고통스러워하는 성모를 기리는 중세의 악곡 〈스타바
  트 마테르〉(Stabat Mater : 서있는 어머니)의 아이콘. 성모가
  예수의 처형장면을 지켜보았다는 기록은 어디에도 없다. 그

런데 왜 인류는 성모를 십자가 앞에 세워두었을까? 그것은 늘 세속의 힘 앞에서 무너져 왔던 순수의 영웅의 몰락을 인류가 여성성의 복원으로 뛰어넘으려 했기 때문이라고 생각된다.

슬픔의 끝에 가보았니

슬픔의 끝에 가보았니

내가 혀 깨물고 입다문 그곳에
팔팔한 짐승들 몇 마리
생매장한 그 무덤 보았니

내가 그 무덤에 술 뿌리며
오 제발 죽어라 죽어라 하고
우는 것 보았니

다시는 생을 받지 말라고
내가 이승의 목숨을 걸고
그 무덤 다지고 다지는 것 보았니

피눈물이 이슬로 새벽에 말갛게 눈뜨는 것

내가 생매장 당한 슬픔의 짐승들 곁에서
슬픔의 힘으로 문득 어느 날 아침 말개지는 것 보았니

새털구름 생의 도화지 가득 그려지는 것 보았니

비

어느 하늘을 돌아왔을까
쓸쓸함의 새 집 짓는 소리
살과 살 사이에서
하나도 아프지 않게

그 집 창가에 오래도록
머리 기대고 울지 않는, 우는 여자 하나

나 같기도 하고 언니 같기도 한

새… 머무는 새…

젖은 날개

언니 같기도 하고

나 같기도 하고

새벽이 올 때까지

통곡하는···

밤새, 묶인 혀 하나 내 가슴 속 밑, 낮은, 바닥에

바위. 통곡의 물 속.

바위는 아프다, 아니다, 아프지 않다

엄마, 시간 됐어, 하는 소리
사물들이 살갑게 다가와, 엄마, 나 좀 봐, 하는 소리
우린 참 특별한 사이야, 하는 소리
왜냐하면··· 우린 참 지독히 느끼니까
그래서 지독히 아프니까

우리의 윤곽을 지우는 어느 겸손하고
열망에 가득 찬 순간, 그 순간에,
세계와의 접점에서, 단호하게,

힘을 꿈꾸지 않은 자의 무력한 정당성으로,
껍질들 부수어 내는

바로 그 순간에 있으니까… 말하자면
까끄라기가 사랑스럽게 형성되는 그 순간에

봐, 난 헐었다, 후후, 세계의 모든 바위가
웃는 소리, 잔잔하게, 피를 숨기며

물 쏴아 하늘까지 닿는 손이
내 헌데에,

         그리고 나는 오랫동안, 오랫동안 생각한다

'그 자체로 설명되는 삶'에 대하여

아가, 청아,

바람불던 날 기억나니? 진흙바닥에서 파드득대던 물고기들 바람에 불려 화려하게 비늘 번쩍이며 하늘로 하늘로 올라갔다. 그걸 바라보고 있으면, 눈 속에서 빛의 알갱이들, 정신없이 툭툭 터졌다. 가슴에 이상한 그리움의 동굴 패이고, 말이 내장 깊은 곳으로부터 폭포처럼 치밀어올랐다. 울음 같기도 하고, 각혈 같기도 하고, 너무나 아름다워서 참을 수 없었다. 말을 토해 내면서, 내가 입으로 이상한 아기들을 낳는구나, 아득히 그렇게 생각했다. 기억나니?

그런 날이면, 가방 교실 안에 던져놓고, 전차 타고 동대문시장까지 가서 한없이 물고기들 구경하곤 했었지. 기억나니? 그 안온한 비린내. 왜 그렇게 물고기들이 좋았을까? 물고기들을 바라보고 있으면, 한없이 편안해졌었어. 그렇게 한참 서있으면, 누군가 살며시 다가와 내 몸에 차가운 작은 칼로 긴 금을 죽 내리 그었어. 하나도 아프지 않았지. 오히려 명쾌했어. 눈물 주르르 흘러내리고, 난 나도 모르게 엄마, 하고 소리내어 부르고 싶었어. 엄마, 나도 거기 데려다 줘. 그리고 들었던가? 아가, 청아, 하는 소리?

바람 불 때마다 지금도 내 몸에선 바다냄새 나는 말들이 그토록 고요히 떠오르지. 내 안의 살이 엄마를 부르는 거야.

바람부는 날, 난 처참하고 아름다워. 기억이 날 찢고, 기억이 날 다시 만들어.

그리고 다시 가을이 왔다

그리고 다시 가을이 왔다

핏줄, 이라고 생각했었다, 그때
핏줄, 이라고, 가을이
핏줄 곁에 와서 가만히 눕는다고

그러면 존재가

다

흩어진다고, 맑은 하늘 저 너머로

이 세상에 오기 전부터
알아들었던 근원적인 떨림이

내 안에서 가을에, 참을 수 없이, 회복된다고

핏줄, 이라고 생각한다, 지금도
핏줄, 이라고, 가을이
핏줄 곁에 와서 가만히 눕는다고

잘린 혀, 낮은 분노

모퉁이를 돌았다
그새 어디선지 혀가 잘려나갔다

비 많이 내리고
바람 조금 불고

멀리서 멀리서 웅웅대는

마른 번개 소리

분노 낮게 낮게

잘린 혀 뿌리 끝에서

그리고 그 숲에서는

1.

숲에서 벌목꾼들이 떠나고

둥치 잘린 채 남아있는 그루터기
오래 오래
고통스러워하며
여전히 뿌리에 대해 숙고한다

뿌리의 기억과
그 기억 속의
충만한 생은 고통 속에서
더욱 생생하다

가끔 벌목꾼 중의 어떤 사람들
아쉬움일까 미련일까 회한일까

숲을 이따금 힐끔거린다
때로 숲으로 돌아와
그루터기를 툭, 툭, 건드려보기도 한다
아직 살아있나 알아보려는 것처럼

그 사이 인가는 점점 더 숲 가까이 밀고들어온다
그리고 돈과 힘을 믿는 자들이 더욱 창궐한다
숲을 잊은 그들은 더욱더 웅성이며 한데 모여있다
이익과 관계가 더욱더 치명적으로 얽히고 설킨다

어느 날 그들이 숲을 잊었다는 사실이
단번에 폭로된 날
그들 중의 특히 비겁한 어떤 자들이
그루터기를 뽑아내기 위해 숲으로 돌아왔다

그 서투른 벌목꾼들은 그루터기를 단번에 뽑아내지 못하고
몇 번씩 잔인한 난도질을 했다

그루터기는 힘겹게 뽑혀졌다

2.

이제 숲은 고적함 속에서
부재의 힘으로 빛난다

뻥 뚫린 그루터기 자리에
핏물이 가득 차 있다
그날 밤 비가 억수로 쏟아졌다

빗물과 핏물이 만날 때마다

사나운 번개가 번쩍였다

빗물과 만난 핏물은
스스로 길을 내며 대지 위로 흘러갔다

아침에 구덩이 주위에서
말들이 탄생한다

인가는 일제히 침묵한다
그곳엔 비가 내리지 않았다

숲에서는
말의 싹들이 부지런히 착근을 준비하고 있다
내일부터 숲은 바빠질 것이다

사 향*

1.

희끄무레한 물
냄새가 고약했다 힘센 사람들이 마구 버린 말의 쓰레기가
악취를 풍기면서 물위를 떠다녔다

여자 하나
어쩔 줄 모르며 말의 쓰레기 사이로
허우적대며 숨도 쉬지 못하고 올라갔다 내려갔다
비참한 광경이었다 여자는 이미 반쯤 죽어있었다

난 여자를 내버려두었다
내심 깊이 믿었다 그녀가 기어이 형식을 발견할 것이라고

여자가 숨쉬는 것을 포기하고
물 밑으로 깊이 내려가는 것이 보였다

이윽고 처참하게 썩은 여자의 시체가 둥둥 떠올랐다
그러나 그녀의 생생한 긴 머리카락이
휘돌며 쓰레기들을 휘감아 안았다

조금 뒤엔 여자도 말의 쓰레기도 보이지 않았다
물은 여전히 희끄무레했다
그러나 안쪽의 어느 영역으로부턴가
호박색으로 말갛게 되비치는 빛

물은 이따금 안으로부터 사납게 아름다워졌다

2.

오래⋯⋯⋯ 오래 세월이 흘렀다

난 그녀를 까맣게 잊어버렸다, 다만, 바람이 불어오면
내 가슴속 멀고 먼 고비사막에서 잠깐 모래 알갱이 몇 개

휙 젖혀진다 그리고 향기⋯⋯ 아련한⋯⋯⋯

* 사향 : 사향노루는 배꼽 속에 개미가 들어오면 배꼽을 오무
려 버린다고 한다. 그러면 개미는 노루의 배꼽을 쥐어뜯으며
발버둥질치게 된다. 사향노루는 말간 액을 내어 개미를 죽인
다. 향수의 대명사인 머스크향은 그렇게 해서 생겨난다고 한
다. 상처와 죽음과 향기. 때로 아름다움은 잔인한 대가를 치
르고 얻어진다.

삶, 한 시절

　　　　　　　……………… 세계가 지나갔다

세계가 지나왔다 ……………

바람불고 세계의 눈물이 후두둑 떨어졌다
바구니 하나를 들고 여자가 일어났다

상채기, 땀, 피, 눈물, 종기, 고름,
그녀가 알알이 다 챙겨담았다

　　　　　　　……………… 세계가 지나갔다
세계가 지나왔다 ……………

여자가 바구니 하나를 들고 가만히 앉는다

잊혀진 것은 없다 다만········· 적요,

말들로 가득찬········· 시끄러운········· 고요

II

치유와 성숙

기억의 사원

퉁, 하고 시간이 넘어졌다
난 주의깊게 시간의 파편들을 쓸어모았다
그리고 그 위에 유리 뚜껑을 덮고
〈기억의 사원〉이라는 팻말을 세웠다

오래 기다려야지

나는 현재에게 말했다
"네 손을 다오."
현재가 아주 따뜻한 손을 내밀었다

오래 기다려야지

난 현재의 손을 잡고

유리 뚜껑 위에 올라선다

사라지는 건 아무것도 없다
과거는 절대적인 현존이다
아무도 내게서 그걸 뺏어가지 못한다

난 기다린다 오래 아주 오래
과거의 시간들이 천사의 날개를 발생시켜
스스로의 힘으로 유리뚜껑을 들어올릴 때까지
과거의 의미가 투명하게 드러나고
혼란을 살아내는 내 현재의 따뜻한 몸을
사원의 현존에 차고 맑게 통합시킬 때까지

난 섣불리 유리뚜껑을 열지 않는다

다만 지켜볼 뿐이다

잊지 않을 뿐이다

사람의 (못)과 (사람)의 못

나는 사람이
못인 줄 알고
거기에 옷을 걸었다

옷은 꽤 오랫동안
사람이라는 못에 걸려있었다
시간이 지나갔다
어느 순간인가
못이 빠지고

옷이 툭 떨어졌다
내 가슴도 같이 툭 떨어졌다
세계 속으로

사람이라는 못이 있던 자리에는
이제 (못) 만 있다

그런데 다른 버전에선
옷은 사람이라는 못에
끄덕없이 걸려있다

생의 벽에 다가가 본다
그 버전에선
사라진 사람 대신 (사람) 이 있다
(사람) 의 못은 못으로 있다
생생하게

옷은 한결같이 잘 걸려있다

겉으로 보기에는 허공에 걸려있는 것처럼
보이겠지만

그 버전에서 내 가슴은
세계 속으로 떨어지지 않는다
그 버전에서 내 가슴은 세계의 가슴속으로 걸어들어간다
세계의 가슴은 벌써 세계 밖으로 열려있다

無所의 菌

바람, 조금. 나지막한 속삭임, 다급하게

엎드려. 위험해.

그리고 과르릉 운명의 수레바퀴가 지나갔다

여자의 왼쪽 골이 빠개지게 아파지기 시작했다

의사가 말했다 無所의 菌이군요
축하합니다 이제 허공이 당신 집입니다
당분간 어지럽겠지만 괜찮아질 것입니다
문제는 항체가 형성되는 건데
그건 전적으로 환자의 역량에 달렸지요

하지만 운명이 또다시 꽝꽝대며 겁을 주었다
여자가 쏘아붙였다
거 되게 시끄럽네
하나도 안 무서우니까 헛 힘 쓰지 마

운명이 머쓱해서 뒷덜미를 북북 긁었다

여자가 빠개지게 아픈 골을 파내기 시작했다

황금 새알을 파냈냐구?
아직은 모르지, 하지만 참 괜찮은 두통이야,
그건 확실해

單性 생식

내가 다른 당신을 낳아줄게

당신의 피곤을 내가 소비할게
세계와 타협한 당신
당신 대신 내가 갈게

그리고 없는 당신을 낳아줄게

여자들의 바다가 출렁이며 시간을 건넜어
여자들의 긴 울음 건너서 천년 동안 기다린
모든 어미들이 내 어깨에 달아주었어
그녀들이 한 생 동안 얻은 부스스한 깃털 한 개씩

내가 날아오를 수 있을까

이 눈물 젖은 잡다한 날개들을 믿고?

아무렴 어때 난 한 생 걸기로 한 거고
그 다음엔 다른 여자들이 올 거야
그때까지 나도 열심히 깃털을 만들 거야
아무리 힘들어도 참고 또 참을 거야

길 끝이 벌써 보이는 걸
그곳에 예쁜 사내아이 하나
내가 낳을 착한 아이 하나
당신 없이 내가 낳을 다른 당신
벌써 어른거려 난 그 앨 봤어

슬픔이 내 눈을 맑게 씻어주었어

없는 세상을 보는 내 눈이 아주 밝아졌어
그리고 믿음도 더 깊어졌어

없는 곳과 있는 곳 사이에
내가 내 몸을 다리로 놓고 이제 잘 건너다녀

크리스탈 고아원

큰일났다
바빠 죽겠다

말의 알들이 깨어나겠다고
법석을 떤다

올 봄에 내 마음 마당은 좁아터졌다

어떡하지 고아원이라도 하나 지어야겠네

아버지 없어도 하나도 불행하지 않은
이 가벼운 아이들

엄마, 난 우리의 천사야

엄마, 우린 나의 천사야

사람들과 사물들 사이에 투명한 길 터놓고
서로 마구 오락가락하는 놈들

크리스탈, 크리스탈, 봄의 크리스탈

바람 불면 내 아기들 몸 위에
수천 개 단면 반짝이며 생겨난다
크리스탈 내 아기들

허공에 뿌리내리는 꽃

더 가 볼 것 없어
허공이야, 라고
그들이 말했다

여자들은 오랫동안 망설였다
그들의 까만색 유니폼
견장의 장식과 번쩍이는 단추
그리고 그들의 손에 들린 두껍고 무거운 책이
그걸 수천 년 동안 핥아먹은 그들의 딱딱한 혀가
너무나 무서웠다

그러나 영혼은 몰래 한없이 깊어지고
자꾸 들리는 소리, 소리, 소리

(너흰 사랑할 줄 알잖아, 어리석고,
어리석어서 걸 줄 아는 영혼들아)

무슨 일이 일어났는지 여자들은 모른다

그러나 여자들은 언제부턴가 확신에 가득 차
허공을 향해 다가가 사랑하기 시작한
그녀들의 어리석은 영혼을 아낌없이 쏟아부었고
그리곤 기다렸다 어버버버 참을 수 없이
그녀들의 혀가 허공의 말을 내뱉을 때마다

가만히 가만히 땅위로 피흘리는 가슴을 내려놓으며
죽은 자들의 늑골께에 그 말을 되돌려주며

그리고 거기, 허공에서 뿌리내리기 시작한
조그만 흰 꽃이 봉오리를 맺는 것을 보았다

언제부턴가 여자들의 혀에서 파란 파도가 일렁이기 시작했다

갈망의 탄력

내 친정집은 까치집이다. 엄마는 아무것도 버리지 않는다. 길바닥에서 쓸 만해 보이는 건 무엇이든지 주워다 쟁여 놓으신다. 엄마, 제발, 이게 뭐야, 우리집이 쓰레기통이야, 아무리 애원해도 소용이 없다. 쓸 만한 데 왜 그러니, 새것이 왜 필요하니, 있는 것만 써도 다 못 쓰고 죽는다, 엄마의 철학은 완강하다.

동네 봉제공장에서 재단하다가 남은 온갖 색깔의 긴 끈들을 얻어다가 그걸로 만들어 놓은 양탄자를 좀 봐! 얼룩덜룩, 그래도, 제법, 색깔도 어울리고. 어이쿠, 엄마, 이건 작품이네! 늙은 엄마는 어린 계집아이처럼 환하게 웃으시면서, 그래, 그렇지? 요샌 보카시래나 이런 색이 유행이라더라, 그러신다. 앉아 봐라, 폭신폭신하지? 그래, 폭신폭신하다, 물론이다. 왜냐하면, 그건 전부니까. 아니, 오히려 유예된 전부니까. 버림받기 직전에 구해진 것. 대지의, 목화밭의, 실공장의, 천공장의, 봉제공장의 모든 노동들, 면

지들, 한숨들, 사랑들, 절망들, 기다림들. 그리고 쪼그리고 앉아 그걸 뜨면서 엄마의 가슴을 휘돌아 지나갔을 모든 추억, 대개는 불행한 추억, 그리고 시간, 특히, 시간…… 완결되지 않은, 그래서 버릴 수 없는…… 구멍이 숭숭 뚫린 시간, 언제나 현재의 개입을 향해 열려있는 허술한 과거…… 엄마는 한번도 제대로 살아본 적이 없다. 엄마의 잡색 양탄자는 그래서 폭신폭신하다. 완결되지 않은 갈망이라는 탄력으로 삶의 빡빡함을 부정하는 양식. 부정함으로써 부드러워지는 삶. 팽창된, 부풀려진, 사방을 향해 한없이 달아나는 탄력적인 삶.

그리고 여든이 다 되어 가시는 우리 엄마는 그 양탄자 위에 떡하니 여왕으로 앉아 계신다. 무너지는 것들, 그것들을 새끼처럼 싸안는 늙은 여자. 못나서 버림받을 것일수록 더욱 사랑하리라, 얼마든지 쓸 만하다는 것을 보여주리라.

멀리서 온 발자국

큰 숨소리가
13층에 있는 우리 아파트 다용도실 창문에

이상해라

왜 공기가 카페트 같지
밟고 걸어갈 수 있을 것 같네

큰 숨소리 내는 발자국도 보이는 것 같네
후아후아 폐활량이 큰 발자국

발자국이 숨을 쉬다니!

그뿐인가 그 발자국 가장자리에

아른아른한 눈물무늬까지 보이네

멀리서 왔구나
많은 생을 거쳐서

내가 후, 하고 그 큰 숨소리에 내 숨을 섞네
그러자 부엌 찬장 그릇들이 모두 왈강달강

나도, 나도, 내 속에도 그 숨 넣어줘!

여자들의 나뭇잎 寺院

그 계곡 산모롱이 틈새로 여자들의 나뭇잎, 나뭇잎,
뾰족하게, 연약하게,
손가락 끝마다 엷은 연두 손톱 달고

하늘……… 넓기도 해라,
늘 떠나기만 하는 없는 생,
어긋나 뒤로 돌아선 하늘 가만히 껴안는다네
차마 떠나가는 하늘에 상처 날까 봐

아무 말도 않고 손톱 안으로 밀어넣고
여자들의 나뭇잎들 이 생 안에서
정성으로 흔들리며 간청하네

열 번의 생 내내 그랬다네

조심조심 엷은 연두 손톱으로
여자들은 자꾸 가슴을 누르고 눌렀다네
땅에 붙박힌 그녀들의 몸
이윽고 투명해질 때까지
실금 상처 안으로부터 떠올라
선연한 무늬를 만들었다네

난 안다네 그 무늬 이룰 때까지
그 상처들 얼마나 하늘을 향해
오랫동안 말을 걸었는지

그 산속으로 여행갔다가
그 계곡에 나뭇잎들의 사원이 섰다는 말을 들었네

난 들었네
그 여자들 모여 서서
나지막히 부르는 노랫소리

그녀들의 투명한 몸에서
수정처럼 울리는 저녁종소리

신의 옷자락 산모롱이 스치고
그 엷은 연두 손톱들 안으로
눈물 흘리며 땅 깊은 곳까지 쓰다듬는 소리
그 땅 깊은 곳에서 문득 하늘 열리는 소리
우주, 내 아들, 내 가여운 아들

열 번의 생쯤 더 지나면

그 나무들 그 계곡 떠날 것도
나는 아네 그러나 알면서도
지금 아픈 그 나무들 때문에
나는 우네 나는…… 지금 숨죽여 우네

꼭대기 나뭇잎 한 개

요즘엔 나뭇잎 생각만 한다
그것도 꼭대기 나뭇잎 딱 한 개
아주 멀리 몸을 끌고 올라가

판판하게 몸을 편 나뭇잎

그 작은 혀

자기 몸이 허락하는 만큼
납작해진 작은 부피로
가능한 한 넓게 하늘을 만나는

작고 예쁜 나무의 혀

땅과 하늘 사이에서
부드럽게 흔들리는

몸의 말

요즘엔 하루 종일
그 나뭇잎 생각만 한다

그 나뭇잎 생각하면 내 마음에
정갈한 슬픔 톡, 톡, 톡 맺힌다

-낡은-푸댓자루를-끌고가다-만난-보름달- 과-초록-실-과-

낡은 말의 푸댓자루를 꼭 움켜쥐고 끌고다녔지
난 언제나 세상의 끝으로 간다고 생각했어
푸댓자루가 찢어질 때마다 덧대어 꿰매고 꿰매고 그랬어
특히 죽음이 날 위협할 때마다

난 내가 사랑이라는 바늘로
그 찢어지는 푸댓자루를 꿰맸다고 생각했어
때에 따라 그 바늘은
믿음이라고 불리기도 하고
희망이라고 불리기도 했지

하지만 실은 언제나 똑같은 이름을 가지고 있었어
인간이라는 이름

그런데 어느 날인가
두 천 년이 지나갈 무렵

대숲이-솨-솨-솨-흔들리고-
땅이-열리고-하늘이-기우뚱하더니-
땅꼬마들이-지하동굴에서-튀어나왔어-

그애들이-내-몸을-월계수나뭇잎다발로-
마구-때렸어-마구-내-몸에서-초록색-
즙이-줄줄-흘러나올-때까지-

아이구-아줌마-정신차려요-
그-낡은-푸댓자루는-왜-끌고다녀요-
버려요-버리라구요-새걸-만들어요-

월계수나뭇잎다발-내-몸-위에-착착-감겨서-
희한해라-달의-무늬를-새겨놓네-따끔따끔-
아픈-자리마다-달빛이-반짝이고-이게-뭐야-
아이구-이게-글쎄-피-초록-피-아니-다시-보니-
실-초록-실-내-몸에서-줄줄-흘러나와-
땅꼬마들이랑-나랑-달이랑-가볍고-부드럽게-
이어놓는-

산너머로-보름달이-떠오르다가-호호-웃었네-
잘한다-잘해-더-때려줘라-그-소리-댕댕-
내-귀까지-저절로-들렸네-난-이제-
낡은-푸댓자루에-연연해하지-않을-것-같네-

아마-내-몸이-바늘이고-실이고-대숲바람이고-달이고-

기타등등이-될-것같네-아마-내-몸-위에-
말들이-나타날-것같네-다른-말들-땅꼬마들처럼-
작은-꼬물꼬물-기어가는-희미한-작은-말들-
난-이제-인간의-일에-따로-목매지-않을-것-같네-

아-언제-어떻게-그-지독한-죽음의-늪을-건너왔나-
언제-어느-틈에-내-찐득한-동물의-피가-맑은-초록-
피로-초록-실로-바뀌었나-달빛-출렁이며-내-몸-
깊은-곳에서-차고-맑게-다른-천년의-동굴에서-
다른-천년의-하늘까지-길고길게-유유히-

장난스러운 죽음

　밤. 칠흙처럼. 나는 가만히 엎드려 있다. 난 이제 곧 죽을 거야. 난 기분이 나쁘지도 않고 좋지도 않다. 난 그냥 무관하다. 난 그냥… 아직 조금 있다. 밤은 보드랍고 향기롭다. 안개가 내 몸을 둘러싼다. 벌레들이 울었다. 흙이 조금씩 내 입 속으로 들어왔다. 맛있는 흙. 나는 가만히 있다. 나는 가만히 있다. 톡톡 내 안에서 내장들이 터졌다. 명랑하게 댕댕. 나는 휙 돌아눕는다. 이번엔 가슴이 팡팡 터졌다. 흙이 더 많이 들어왔다. 맛있는 흙. 먹을만한 흙. 눈이 퐁 빠지더니 대구르르 풀밭을 굴러갔다. 후후, 예쁜 구슬. 내 몸이 푹 빠진다. 깊이. 깊이. 아주 깊이. 서늘하게.

　우주선이 날아왔다. 멀리서. 아주 멀리서. 내 눈알 두 개가 혼자서 그걸 보았다.

새로운 죽음

  속살이 차올라요 피 철철 빠져나가고 상처 벌어졌던 자리에서
오늘은 아침 내내 은종이 울었어요 은종이 창창창 울리면서 이상하
지요 그게 다른 살을 불러와 휘휘 뿌려댔어요 굉장히 차가운데 따
뜻하고 그런 향내나는 이상한 없는 있는 바닷가 솔바람 냄새나는
눈 같은 몸 말예요 없는 몸도 있는 몸인 걸 어느새 알게 되었거든요
팔 벌려 그 몸 껴안아요

  바다 멀리에선 죽은 사람들이 돌아와요 그들의 썩은 살이 너덜
너덜 깃발처럼 흔들려요 갈매기들도 고개를 돌려요 그럼요 그건 사
람의 일이잖아요

  난 내 상처 구멍이 넓어지는 말 구멍이라고 사람들에게 가는 말
의 길이라고 생각하기 시작했어요 그래서 그 구멍을 확성기로 쓴답
니다 여어 여기예요 그래요 나도 많이 아팠어요 삶을 있는 대로 미

런하게 다 쓰느라구요 여어 이리 오세요 우리 같이 있어요

난 썩은 살들을 껴안고 입맞추며 안녕 하고 인사한답니다 왜냐
하면 산 채로 썩는 게 어떤 건지 알거든요 난 죽은 사람들에게 말해
요 오늘은 은종소리가 들렸어요 라고요 우리 이젠 아프지 말아요
라고도요 우린 사랑하잖아요 라고도요 우린 죽음을 거쳐서 죽음을
건너서 죽음 바깥에서 얼마든지 오고 가잖아요 라고도요

나 하나의 생이 뭐 그리 대단하겠어요 다만 정성으로 한 생 살
뿐이에요 그리고 다시 오는 생을 위해서 내 썩는 살까지 다 쓰는 거
지요 그래서 내 생을 신작로로 만드는 거지요 수천 명부의 귀신들
조금씩 진화하며 조금씩 미망을 걷어내며 자유로이 들락거리는 우
주의 길목으로 말예요

봄비가 내리기 시작하대요 들어봐요! 귀신들이 고요고요 속살대며 내 방안에 가득 들어차는 소리 사이사이 은종 창창창 맑은 눈물 소리 내며 울리고, 울리고……

III

계시 또는 천사

다른 모퉁이

한 모퉁이 돌아서자
흰 눈이 펑펑 내렸다

흰 눈 사이로 손이 하나 나타났다

손이 내 머리채를 낚아채가더니
내 몸뚱이를

앞으로 뒤로
오른쪽으로 왼쪽으로
위로 아래로
밖으로 안으로
넓이로 깊이로
과거로 미래로

쭉쭉 찢어발겼다

흰 눈 위에 떨어지는
빨간 피 네 방울

아래에서 깊이 고요히
열리는 다른 모퉁이

내 가슴 빈 터에 네 침묵을 심는다

네 망설임이 먼 강물소리처럼 건너왔다
네 참음도
네가 겸손하게
삶의 번잡함 쪽으로 돌아서서 모르는 체하는 그리움도

가을 바람 불고 석양녘 천사들이 네 이마에
가만히 올려놓고 가는 투명한 오렌지빛
그림자도

그 그림자를 슬프게 고개 숙이고
뒤돌아 서서 만져보는 네 쓸쓸한 뒷모습도

밤새
네 방 창가에 내 방 창가에

내리는, 내리는, 차갑고 투명한 비도

내가 내 가슴 빈터에
네 침묵을 심는다, 한 번, 내 이름으로,

너는 늘 그렇게 내게 있다
세계의 끝에서 서성이는
아득히 미처 다 마치지 못한 말로

네게 시간을 줘야 한다고 나는
말하고 쓴다, 내 가슴 빈터에

세계가 기웃, 들여다보고 제 갈 길로 가는
작은, 후미진 구석

그곳에서 기다림을 완성하려고
지금, 여기에서, 네 망설임을, 침묵을, 거기에 심는다,
한 번 더, 네 이름으로,

언제든 온전히 말을 거두리라

너의 이름으로, 네가 된 나의 이름으로

새로운 관계 ― 무관한 유관함

마당이 텅 빈다

나지막한 싸리 울타리 바깥에서
검은 그림자가
조용히 일어나 움직인다

여자가 울타리를 등지고 앉아 있다

그림자는 잠깐 망설인다

보이지 않는 얼굴 보이지 않는 형체
그러나 시선은 뚜렷이 느껴진다

여자가 그 시선을 가슴에 껴안고

뒤돌아앉은 채 묻는다
언니, 문 열까? 들어올래?

아냐, 그럴 것 없어
네가 더 잘 알잖니

그림자 싸리문 흔들고 지나간다

별이 여자의 내장 속 끝까지 들어와 박힌다

오래된 일

드디어
그 여자가 날 불렀다

오래된 일이야, 내 고통스러워하는 여동생아,
오래, 아주 오래된 일이야

그녀가 나를 껴안고 가만가만
쓰다듬으며 내 귓가에 대고 속삭였다

가랑잎 같은 영혼
가엾어라 하루를 천 년처럼 사는구나

내가 마음이 놓여서 푹 고꾸라졌다

언니 왜 이제 와 내가 얼마나 기다렸는데

그 여자가 내 시체를 질질 끌고
운명을 향해 걸어갔다

내 시체가 끌려가면서 말했다
언니, 이젠 끝난 거야?

그 여자가 흐느껴 울었다
아니, 아직…… 강해야 한다, 가엾은 내 동생

절대적인 밤이 왔다 그러나 난 꿈쩍도 않는다
난 하나도 무섭지 않다 난 필연의 흐름을
감당하는 법을 익혔으니까 우연히 여기에서 아팠어도

언니가 날 거기에 필연적으로 데려다줄 테니까

즉각적인 구원*

싱크대 모퉁이에 기대앉아
배추를 다듬는데
칼이 저 혼자 멈칫 서버렸다

팔꿈치 끝까지 저르르 울렸다
뭔가에 닿았다!

뭐지? 이건 뭐야?

칼을 툭 떨어뜨렸다

아연히 배추를 들여다보았다

서서히 배추의 무수한 섬유질 다발을 헤치고

따로 솟아오르는 선연한 단 하나의 線

그것을 알아차리는 순간, 내장에 콱 낚시바늘이 걸리고
내 몸뚱이가 휘청 머리끝부터 발끝까지
그 선에 꿰어져 팽팽하게 당겨진 채 허공으로
나꾸어채어졌다

그리곤 아주 빨리
핵, 슬픔, 生靈, 흰색, 지극함, 오래 참음
따위의 말들이 머리를 치고 지나갔다

배추줄기 하나를 들고
싱크대 모퉁이에서 대롱대롱 위로 잡아채어진 채

나는 들었다, 발끝 아주 먼 곳에서

물 흐르는 소리

아니,

별 흐르는 소리인지도 모른다

* Salut immédiat. 프랑스 시인 르네 샤르(René Char)의 용어.

작은 아이에 대한 환상

바다 속으로 걸어들어갔어요
당신이 부른다고 생각했거든요
거기서 당신을 만날 거라고 믿었거든요
상처투성이 맨몸에 스며드는 짠 물
죽을 것처럼 고통스러웠어요

살아서도 이렇게 죽을 수 있구나 했어요

캄캄한 죽음의 바다를
믿음 하나 붙잡고 건넜지요

지금 나는 건너편 바닷가에
살점 다 버리고 흰 뼈로 누워있어요

환영인가요, 이건?
칸델라 불빛 하나 희미하게
멀리서 흔들리며 다가오고 있네요

그리곤 흰 옷 입은 작은 아이의
얼굴이 보여요, 그 아이
내 뼈를 주워들고 가만히 입맞추며 말하네요

어머니, 태어나고 싶습니다

홀로그램
─氣化하는 연못

1.

이미지 수신자에게서 꽤 멀리 떨어진 곳에 그러나 충분히 잘 보이는 저쪽에 연못 하나가 있다. 피가 가득 차 있다. 그 앞으로 검은 옷을 입은 우울한 아이들이 아주 빠른 속도로 휙휙 오른쪽으로 달려간다, 아이들은 무수히 많다. 수백? 수천? 아이들은 이미지 수신자에게 마음을 쓰지 않는다. 이미지 수신자는 "아이들이 굉장히 분노하고 있구나"라고 생각한다.

우울한 아이들보다 더 앞쪽에 왼쪽으로 천천히 움직이는 보라색 옷을 입은 훨씬 더 적은 숫자의 아이들이 나타난다 이미지 수신자에게서 정면의 방향이다. 검은 아이들보다 조금 더 나이가 먹은 그 아이들은 전혀 표정이 없다. 그들은 천천히, 마치 이미지 수신자의 인지를 기다리는 듯, 슬로우모션으로 움직이다가, 이따금, 움직임을 멈추고 기다린다.

이미지 수신자는 "보라색 벨벳 옷을 입었어, 그리고 검은 아이들보다 훨씬 더 딱딱해 보여. 거의 마네킹 같애. 뭔가 억지스러워"라고 생각한다, 보라색 아이들은 움직임을 멈추고 기다린다, 해석해, 라는 명령이 어디선가 떨어진다.

이미지 수신자는 '보라색? 엉긴 피? 그런가? 억지로라도 견뎌내야 한다구? 삶이라는 어차피 어색한 형식으로? 그럼 벨벳은 뭐야? 그건 촉감을 환기시키는 건가? 만져지는 내면의 어둠? 그 힘을 어쨌든 믿으라는 거야?"라고 생각한다.

그러자 보라색 아이들이 조금 더 부드럽게 조금 더 빨리 움직이기 시작한다.

이미지 수신자는 "아냐, 난 아직 준비가 되지 않았어. 하지만 네가 원한다면 애써 볼게"라고 생각한다.

　그녀가 그렇게 생각하자마자 저 멀리에 갑자기 전나무 숲이 쑈아 일어선다. 그리고 전나무만큼 키가 큰 여자 하나가 전나무 숲을 헤치고 힘차게 솟아오른다. 온통 흰 옷을 입고 투명한 베일을 쓰고 있다. 그녀가 연못 안으로 들어간다.

　연못의 피가 흰색으로 변하고 그리고 흰 연기가 피어오른다.

　다시 어디선가 명령이 떨어진다 :
　"특히 이 기화현상을 해석할 것. 그것이 무엇보다도 시간의 문제라는 걸 염두에 둘 것"

　이미지 수신자는 골똘하게 생각에 잠긴다.

"알겠어. 상처의 通時化라는 말이지. 제발 나도 그랬으면 좋겠어. 그러면 내 상처가 텍스트가 될 테니까."

2.

장면이 휙 바뀐다, 무수히 많은 손들이 허공에 나타난다. 전부 두 손을 모아쥐고 있지만, 기도하는 모습은 아니다, 수직 방향이 아니라 수평 방향으로 모아 쥐고 있는 손들. 오히려 "간절히 인간적인"이라는 느낌이 든다. 두 손은 꽉 쥐어져 있지 않다, 다른 한 손을 압박하지 않으면서 부드럽게 잡고 있는 다른 한 손.

그리고 이미지 수신자는 본다. 그 모아쥔 두 손들 사이에 연못으로 들어간 키큰 여자의 투명한 베일이 붙잡혀 있는 것을…… 무수히 많은 두 손들 사이에 무수히 많은 투명한 베일들이…… 향기로운 미풍처럼 살랑이고 있다. 이미지 수신자의 가슴에 우주 끝에서 불어온 바람이 불어간다. 그녀가 "어머니!"하고 말하며 울음을 터뜨린다. 눈물은 별처럼 터진다. 별처럼.

홀로그램
— 큰 얼굴, 이윽고…

큰 얼굴을 보았다

딱 정면으로 지하극장 전면을 꽉 채우는

의식은 처음에는 미적거렸다
뭐야 이건 굉장히 큰 얼굴이군
크다는 것밖에는 아무것도 모르겠군

조금씩 디테일이 드러나기 시작했다

하얀 달력 종이를 오려놓은 것 같은
매우 추상적인 여자와 남자의 옆모습이
큰 얼굴 양쪽 뺨 위에 나타난다

일정한 거리를 두고 떨어져있는
여자와 남자의 종이 실루엣은 서로에게 두 팔을 내밀고 있다
두 사람 사이에 미세한 거미줄이 조밀하게 분포되어 있다
(그 줄은 거미줄이라야 해, 라고 누군가 끼여든다)
마치 실뜨기 장난을 하듯이 두 사람의 팔이 아래위로 움직이면
그 거미줄은 혼란스럽게 그러나 정연하게 움직이고
그 움직임을 따라 진주 알갱이들과 금강석 알갱이들이
줄 위에서 오르락내리락한다

자세히 보니 그 큰 얼굴은 자연이다
눈썹은 키 큰 전나무들, 코는 구릉, 입은 동굴, 그런 식으로

또 더 자세히 보니 종이 여자와 종이 남자의 하반신을 실체다
분홍색 살 위에서 가늘거나 굵은 핏줄들이 불뚝불뚝 움직인다

(그럼 저 종이 상반신이 내 시의 알레고리인가,
시는 사이의 운명을 사나, 그렇게 생각하는 순간)

큰 얼굴이 서서히 화면 저쪽으로 뒤집히더니
웅웅 소리를 내며 비행접시처럼 날아간다

화면 아주 깊은 곳에서 금빛 새벽빛이 가득히 솟아오른다

난 멍하니, 그러나 깊은 충만 속에서 조그맣게 중얼거린다

시라고, 또는 이곳을 뚫고 들어와
나를 뒤집어엎어 새로 만든
저곳의 빛이라고

홀로그램
― 그 여자의 흰 옷고름

그 여자가 아까 참에 갑자기 주어졌다
(나는 가만히 생각해 본다, 이 표현밖에 없나,
'나타났다'? 아니다, '생겨났다'? 아니다,
'보였다'에 가깝기는 하지만, 그래도 역시
'주어졌다'가 제일 가깝다, 때로 나는 강요당한다)

검은 바닷가
파도가 조용히 들이치고 있다
배경은 칠흑처럼 어둡다 그러나 여자는 밝게 조명되어 있다
그 여자의 솜털까지 헤아릴 수 있을 것 같다

여자는 빨간 갑사 저고리 치마를 입고 있다
아주 미묘한 빨간색 그건 칙칙하지도 선명하지도 않다
그건 그냥 아주 빨간색이다

그 빨간 옷에 흰 옷고름이 달려있다

여자는 바닷가를 향해 계속 무엇인가를 부르고 있다
난 그 여자가 그 바닷가에 〈왔다〉고 느낀다
(시는 온다 난 요즘 그걸 확실히 안다)
여자는 오른쪽으로부터 와서 왼쪽으로 간다 가고 있다
무엇인가를 찾으면서
(조금 떠다밀리고 있는 것 같기는 하지만,
서두른다거나, 헤매고 있다는 느낌은 들지 않는다)

그런데 갑자기, 나의 의식이 긴장하기 시작한다
"그 여자의 옷고름이 흰 색"이라는 사실이
느닷없이 매우 강력한 말로 강요된다
그 흰색에 관한 한, 나의 의식은 전혀 여유가 없다

(빨간색이 무광택이었던 데 비해, 빛난다는 느낌은 들었지만)
"그 색깔은 톤이 문제되는 색깔이 아니다,
그러니까 해석의 문제가 아니다" 라고
재빨리 내 안의 누군가가 분석한다
(제3자? 시쓰기 하는 바로 그놈?)

여자는 불행해 보이지도 행복해 보이지도 않는다
여자는 여자이다 그녀는 그녀이다 그러나 모색하는 그녀이다
그뿐이다

홀로그램
— 지혜의 관엽식물

어둠. 또는 고요, 본질, 바탕, 영혼, 형언할 수 없음, 물질에서 형식으로, 형식에서 물질로 건너가는 다리, 기타 등등. 먼저 어두운, 나지막한 검은 흙 담장이 있다. 어두운…… 어두운가? 왜냐하면, 이 어두운 그림 전체는 아주 이상한 방식으로 조명되어 있기 때문이다. 빛은 어디에선가 온다. 빛은…… 믿음의 형식으로 밖에는 상정할 수 없다. 담장은 장면 전체를 둥글게 빙 둘러싸고 있지만, 막혀 있지는 않다. 그것은 담장에 구멍이 나 있다는 뜻이 아니다. 구멍은 보이지 않지만, 그것은 확인할 수 없는 방향을 향하여 분명히 열려 있다.

그 작은 관엽식물은 담장 안의 검은 땅 한가운데에 심겨져 있다. 그것은 비스듬히, 심겨져 있는 방향에서 다른 방향으로 몸을 돌리고, 계속 위쪽으로 자라난다. 그 성장의 방향은 아주 특이하다. 그것은 땅을 향해 툭툭 떨어지면서 위로 올라가고, 또다시 떨어지면서 위로 올라간다. 그러면서, 조금씩 키가 큰다. 언제부터인가, 그 성장하는 새 순의 빨리 움직이는 뾰족한 꼭대기가 아주 밝은 빛을 내기 시작한다. 그러나, 그것은 새 순 그 자체가 내는 빛이 아니라, 무엇인가가 정확히 조명하고 있는 빛이라는 느낌을 준다. 조명은 새 순의 섬세한 떨림을 정확히 따라다니고 있다.

아! 그러는 중에 담장 왼쪽 한 구석에 아기의 하얀 얼굴을 새긴 어렴풋한 부조가 두 개 나타나기 시작한다. 왼쪽의 아기는 눈을 꼭 감고 있고, 오른쪽의 아기는 눈을 반쯤 뜨고 있다. 아기는 이제 막 잠에서 깨어난 것처럼 보인다. 빛은 담장 너머 어디에선가 온다. 그건…… 믿음의 형식으로밖에는 상정할 수 없는 것이다.

홀로그램

— 흔들리는 다이아몬드

밤이었을까? 그렇게 말할 수 없다. 시간은 느껴지지 않는다. 그건 다른 시간과 연관되어 있는 다른 사건일 뿐이다. 그러나 공간의 어두움은 뚜렷하다. 어두워서 고통스럽지는 않다. 다만 '어둡다'고 느껴질 뿐이다. '본질적으로 어둡다'고. 그러나 어디선가 빛이 스며들어온다. 빛은 아주 겸손하다. 눈은 잘 작동한다. 이 공간은 이제 익숙하다. 얼마 전부터 이 공간 안에서 살아가고 있다. 원하면, 얼마든지 빠져나온다. 문제없다. 정신은 이제 휘둘리지 않는다. 긴장하지도 않는다. 그것은 힘의 맥을 파악하고 있다.

땅바닥은 물기로 질척거린다. 조금, 아주 조금, 그 물기가 나를 괴롭힌다. 아직도…… 라고 내 안의 누군가가 작은 소리로 말한다. 그러자 왼쪽의 검은 암흑 속에서 무시무시한 형체들이 나타난다. 주로 파충류들. 혀를 널름거린다. 그런데 그 괴물들은 시멘트 덩어리에 꽉 갇혀 있다. 놈들은 빠져나와 보려고 기를 쓴다. 소용

116

없다. 놈들은 혀를 내밀어서 오른쪽에 심겨져 있는, 몇 달 전에 내가 수신했던 이미지에서 보았을 때보다 훌쩍 키가 큰 관엽식물의 잎사귀를 따먹으려고 애를 쓴다. 붉은 혀는 허공만 휘저을 뿐, 식물에 닿지 않는다. 식물은 고요하다. 어쩐지 그것이 '고개를 숙이고 있다'는 느낌이 든다. '슬픔'이라는 말도 떠오른다.

누군가 식물 잎사귀를 클로즈업시켜서 보여준다. 자세히 보니 식물 잎사귀는 뱀 대가리의 껍질에서 솟아나온 것이다. 뱀껍질은 바짝 마르고 다 헐어서 나달나달해져 있다. 파삭 부서져 버릴 것처럼 누더기 꼴이 된 뱀껍질.

다른 장면이 나타난다. 완만한 경사의 언덕이 보이고, 언덕 중턱에 거대한 다이아몬드가 박혀 있다. 보석은 언덕에 단단히 박혀 있지 않다. 계속 흔들린다. 그러나 그것은 계속 찬란한 빛을 뿜어댄다. 빛은 보석이 움직이는 데 따라 불안하게 어른거린다. 그 빛이 내 마음을 한없이 편안하게 한다. 엷은 향내 같은 것도 느껴진다. 그러나 어떤 불안이, 표현할 수 없는 '균열'의 느낌이 내 마음 깊은 어디에선가 흔들리고 있다.

'저 보석이 흔들리지 않을 때까지……'라고 나는 생각한다. 가슴속에서 슬픔이 서리처럼 뾰족하게 벼려진다. '혼자, 혼자서……' 슬픔의 칼이 살과 뼈를 뚫고 나온다. 나는 가만히 살을 뚫고 나온 칼끝을 만져본다. 선뜩한 외로움. 그러나 아프거나, 무섭지는 않다.

홀로그램
— 스타게이트

처음에 "문"이라는 말이 들렸다

그러자 웅장한 고대풍의 짙은 갈색 나무문이 하나 보였다
십자 모양으로 분할이 되어 있고
네 귀퉁이에 화려하고 아름다운 은 장식이 되어 있다

문 오른쪽에 깨끗하고 하얀 벽이 있고
벽에 기대어 서있는 여자의 모습이 정면으로 보인다
여자는 아주 현대적인 모습이다
일상적인 가벼운 옷차림
청바지와 흰 티셔츠를 입고 있다
여자는 두 손을 뒤로 해서 벽을 짚고 서있다
발 한쪽 역시 벽을 짚은 모습이다

이미지 수신자는 그 여자에 대해

"언제라도 마음먹으면 벽 저쪽으로 꺼질 수 있다는
포즈로군"이라고 생각한다.

갑자기 문 앞에 왼쪽으로
이미지 수신자에게서 훨씬 더 가까운 곳에
굉장히 키가 큰 짙은 갈색 남자의 뒷모습이 나타난다
여자를 향해 아주 조금 몸을 돌린 듯한 방향
남자는 모자를 쓰고 긴 외투를 입고 있다
그러나 실루엣일 뿐 세세한 특징은 보이지 않는다
매우 비현실적인 모습이지만, 그러나 굉장히 실체적이다

이미지 수신자는 그의 모습을 꼼꼼하게 살핀다
"완전히 통짜군, 어디까지 모자인지 어디서 머리랑 어깨랑
시작되는지 알 수가 없어. 완전히 통째로 주어졌어.
어두운 물질 덩어리 같애. 그런데 그 안에 빛이 있어."

누군지 이미지 수신자에게 강력한 메시지를 보낸다.

"이 문은 열리는 걸까?"

이미지 수신자가 그 의미를 파악하자마자
웅장한 대문의 사분할되어 있는 오른쪽 하단에
쪽문이 달려있는 것이 비로소 눈에 들어온다

이미지 수신자가 하하하 웃는다
그녀가 질문기계를 작동시키는 누군가에게 말한다
"깜찍한 선택이군! 쪽문이라니! 대단해!"

그러자 쪽문이 끼이익하는 소리를 내며

안쪽 방향으로 열린다 그리고 그 안으로 깊은 어둠이 보이고

오월 미풍처럼 가볍게 도망치는 여자의 뒷모습이 보인다
여자는 이제 평상복을 입고 있지 않다
그녀는 흰색 예복을 입고 있다
여자는 무수히 많다
수천 명의 여자들이 안쪽으로 안쪽으로 도망치며
수 천 개의 쪽문을 열고 또 연다

다시 질문기계 작동

"참, 청바지 입은 그 여자는 어떻게 되었을까?"

여자는…… 물론 그곳에 없다

흰 벽, 텅 비어 있다

집, 조금 움직이는 여자, 여자들

캄캄한 밤. 여자는 바늘 끝처럼 예민해진다. 쉬잇. 소리, 아주 작은. 바시식바시식. 푸푸푸푸 피피피피. 휘휘. 후후. 작은 벌레들일까? 이 시간에? 아니, 잘 들어보면 음악소리 같기도 했다. '벽이 노래를 부르는구나.' 여자가 무릎걸음으로 벽을 향해 기어갔다. 사실 여자는 납작 엎드려서 기어갈까 하는 생각도 했었다. 왜냐하면, 최근에 그녀는 대지가 자기의 살껍질이 된 것 같다고 느끼니까. 그녀는 요즘 자기가 걸어다니는 식물이 되었다고 느낀다. 팔다리를 움직일 때마다 무언가 아주 멀리에서 딸려 올라온다.

여자가 무릎걸음으로 기기 시작하자, 여자들이 다가와 같이 기었다. 그녀들이 속닥속닥 말했다. 같이 가, 응? 여자가 후후 웃는다. 그래. 같이 가. 하지만 낮게, 낮게, 아주 낮게.

여자들이 벽에 도착했다. 벽은 조금 물러났다. 벽은 자꾸 바삭

바삭 셀로판지 구겨지는 소리를 낸다. 여자들이 또 속삭인다. 벽이 투명해졌네. 밖이 다 내다보여. 밤인데도! 여자들이 벽에 눈을 가져다 붙인다. 안에 있어도 다 보여. 흔들리고 팽창하는 이 안에서. 방이 참 넓어졌네. 벽은 그새 노래를 많이 배웠어. 그렇게 있는 대로 피를 흘리더니, 참!

여자들이 서로 눈을 들여다본다. 알지? 그럼. 알아.

집이 조금 움직인다. 떠오르는 걸까? 아마도. 왜냐하면, 여자들의 무릎에서 날개가 삐죽삐죽 솟아나기 시작했으니까. 여자들이 와그르르 웃었다. 무릎에서 날개가 나다니! 괴상한 천사들이네! 여자들이 몸을 껴안고 둥실둥실 떠올랐다. 우린 집에 있다! 그런데 가벼워! 집에서 가볍다니까!

시간의 이마

날개 하늘 베어내네
하늘 날개 베어내네

빛 그 배경에서 날개와 하늘 안아 버리네
땅도 안아 버리네

난 내 상처 안아 버리네
상처가 베어낸 살도
그것이 고통스러워했던 시간도
모두 안아 버리네

더 오래 참고 기다려
진실로 아름다워지려 하네

나를 삶 안에 그대로 세워둔 채로
상처의 길을 따라 내 밖으로 나가며
찬찬히 사랑을 배웠네
신만이 아신다네
내 영혼 깊은 곳에서 어떤 일이 일어났는지

어떻게 내가 무심하게
불같은 시간의 이마를 짚을 수 있게 되었는지

천 사

고요

이따금 가로등불 밑에 그림자들 두엇 지나간다

작은 속삭임 나지막히

어떤 갑작스러운 몸짓이 허공에 솟아오른다
느닷없이, 단속적으로,
그 몸짓은 아무것도 요구하지 않는다
그것은 절대적으로 무관하다
그것은 홀로 우주를 소환한다

몸짓 사이, 금속성의 눈빛, 잠깐 번쩍인다
독립적인, 자기 안으로 되돌아가 통합되는,

다치게 하지 않는, 어떤 사나운 아름다움

그리곤 다시 고요

난 당신을 기다린다, 라고 생각한다, 그리곤 기다린다

난 이제 距離가, 어긋남이 고통스럽게 느껴지지 않는다
세계를 가득 채우고 있는 낮은 낮은 비명소리도

내 생은 고비를 넘겼다

距離 위로 천사들이 옷자락을 쓸며 지나간다

내가 울었던가? 아마 천 년쯤 전에

천사들이 내 눈물을 가져갔다
기다림 안에서 내가 한없이 자유로워지도록

난 가만히 있다 다만 가만히 있다
때로 시간의 힘줄이 만져진다

사랑은 있다

사랑은 없다. 다만 사랑하는 내가 있을 뿐이다.

라고 썼다가

사랑은 있다. 사랑하는 내가 있기 때문이다.

라고 고쳐 쓴다.

고요 연습

고요를 연습해야 한다
영혼의 결들 사이에서
자신의 존재에 대해 불편해 하며
그러나 자족적인 원리 안에서
사탕가루처럼 반짝이며 굴러다니는
이 미세한 말들에게
입을 주려면

내 몸의 어느 멀고 먼 뉴런까지
총체적으로 고려해야 한다

고요 속에서
내가 세상에 매순간 처음으로 온
말 배우지 못한 어린아이인 것을

고백해야 한다
우주에 대한 내 전적인 無知를
따라서 내 전적인 개종의 가능성을

난 고요 속에서
전혀 새로운 개념의 생을
어렴풋이 만난다

형성되는 부서지는 물방울
작고 무력해서 당장 와해되지만
끝내 자기 자신인 생
반드시 근원으로 귀환하는
투명한 球

극소의 미세한

전부이며 자기 자신인

우주에 대한 독립적인 권리

왼손 글씨를 둘러싼 대화

그가 오른손에 펜을 들고 말했다

난 널 모르겠어

여자가 말했다

왼손으로 써봐

그가 투덜거리며 왼손에 펜을 옮겨 들었다

잘 안 돼

여자가 조용히 말했다

너무 오랫동안 오른 손만 써서 그래

그가 투덜거렸다

꼭 이래야 돼? 난 귀찮은데

여자가 엄마처럼 말했다

아냐 배우게 돼 진정으로 원하면

그가 펜을 집어던지며 볼멘 소리로 말했다

배우기 싫어 난 이대로 좋아 난 다른 세상 따윈 필요 없어

여자의 눈이 어두워졌다

여자가 주머니에 양손을 푹 찔러넣고 일어섰다
난 왼손 글씨 연습 따윈 안 해 그냥 쓸 줄 아니까
그가 앉은 자리에서 꼼짝도 않고 여자를 올려다보았다
어쨌든 난 싫어 세상은 잘못된 게 없어 네가 틀렸어

여자의 얼굴 위로 비구름이 지나갔다
여자는 고개를 숙이고 가만히 있다
여자는 잠시 그렇게 서있다가
발끝까지 끌리는 긴 망토자락을 쓸며
방을 나갔다

그는 멍하니 앉아 있다

지하실에서 검은 거울이 쨍그랑 깨졌다
그의 가슴이 먼저 그 소리를 알아들었다

그가 오른손을 부들부들 떤다
그의 얼굴이 갑자기 늙기 시작한다

겨울여행

그 겨울 나라에 가기 위해서 마차를 타거나 기차를 타거나 비행기를 탈 필요는 없다. 언제 가지, 가게 될까, 걱정할 필요도 없다. 소환당한 사람들은 저절로 알게 된다. 어느 날, 문득, 눈 밑이 파르르 떨리고, 당신의 어깨를 가볍고 향기로운 손이 살며시 짚는다. 그리곤 당신의 혀 밑에 무수한 진주 알갱이가 생겨난다. 처음엔 너무나 쓰다. 그러나 조금 있다가, 당신은 그 아린 맛에 길든다. 혀가 점점 뻣뻣해진다. 그리고 당신은 뻑뻑하고 짙은 어둠 속에 내동댕이쳐진다.

당분간, 찢어질 것 같은 고뇌가 엄습한다. 당신의 몸에 서리처럼 차가운 칼날이 와 닿는다. 그 칼이 당신의 배를 십자로 가르고, 그리고 어떤 손이 당신의 내장을 꺼낸다. 맑은 물에 내장을 헹궈내는 소리가 또렷이 들리고, 그리고 당신은 까마득히 혼절한다. 조금 뒤에, 당신은 따스한 손길에 깨어난다. 어떤 손이 당신의 몸속에

다시 내장을 채워넣고, 당신의 몸을 쓰다듬는다. 가여워라, 가여워라… 풀벌레들이 조그만 소리로 노래를 부른다. 그 노랫소리의 의미를 당신은 정확히 알아듣는다. 혀 밑의 진주 알갱이들이 빠르게 굴러다닌다. 그 진주 알갱이들이 딩동딩동 울린다. 당신은 저절로 그 노래를 따라 부른다. 당신의 혀는 이제 꿀처럼 달다.

어두움이 당신을 이불처럼 덮어준다. 당신 곁으로 무수한 속살거림이 향기를 뿜으며 다가온다. 당신은 그 향기로운 속살거림들을 맛있게 핥아먹는다. 핥아먹으면서 당신은 그것들을 자꾸 만진다. 그것들도 당신을 가만가만 애무한다. 당신의 피부에서 조금씩 빛이 나기 시작한다. 그 빛이 당신의 몸을 어둠 속에서 위로 들어올린다.

그리고 문이 열린다. 낮은 계단이 보인다. 더 어두운 곳으로 내려가는, 외줄기 계단. 그러나 그 어두움은 전혀 어둡지 않다. 그리고 조금도 낯설지 않다. 당신이 그 문을 향해 간다. 쏴아, 눈꽃이 쏟아져 들어온다. 겨울여행이 시작된다.

가 을

당신이
세계의 강물에서 처음으로 솟아나온 손가락으로
내 어깨를 툭, 쳤다

청동가루 냄새

세계의 모든 도서관에서
책장들 팔락이는 소리

그리곤 희고 희고 흰 바닷가
모래사장
위에

물새 날아간 발자국
두어 개

홀로그램
— 사라진 여자와 바닷소금과 흰색 핸드폰 두 대

무대. 어둡지도 밝지도 않다. 조명은 없다. 그 자체의 빛으로, 그만큼만 빛나거나 빛나지 않는 무대. 관객은…… 방을 가득 채우고 있을 수도 있고, 그렇지 않을 수도 있다. 이미지 수신자의 존재는 분명치 않다. 그러나 이미지는 분명히 수신되고 있다.

여자 하나가 보인다. 조금 뚱뚱하다. 둔해 보인다. 긴 퍼머 머리. 선글라스를 끼고 까만색 트레이닝을 입고 있다. 칼라 부분에 새하얀 흰 선이 들어가 있다. 까만색 운동화. 역시 흰색 배색이 되어 있다. 여자가 천천히 둔하게 오른쪽으로 뛰어간다. 무대 오른쪽 끝부분은 흐릿하게 지워져 보이지 않는다. 이미지 수신자의 의식, 또는 자동 질문기계가 작동한다. '안개 같아. 저 여자는 어디로 가는 걸까? 아마도 사라질 것 같다는 예감이 들어.' 여자가 갑자기 없어진다.

순간, 이미지 수신자가 당황한다. 視點이 갑자기 변했기 때문이다. 시선은 수직방향으로 곧장 위로 올라간다. '전에는 같은 상황에서 어지러웠었는데, 이번엔 괜찮군.' 저 아래쪽에 사람들의 모습이 가물가물 보인다.

　다시 무대와 같은 시점. 무대는 오른쪽으로 방향이 돌려져 있다. '회전무대였던 모양이군.' 무대 위, 조금 왼쪽으로 치우친 곳에서 안경 낀 소년병 하나가 두릿두릿 무대 뒤쪽 아래를 살펴보고 있다. '딱하긴. 위쪽을 볼 생각은 않고. 하긴, 찾겠다는 생각을 한 것만 해도…'

　그리고 시점은 빠르게, 조금, 툭, 떨어진다. 무대 앞쪽 오른쪽 끝, 그 아래 어슴푸레한 자리로 시선이 이끌려간다. 그러니까 이미지가 수신되는 방향에서 정면이다. 마치 어둠 속에 숨겨져 있었던 것처럼 커다란 오지 항아리 하나가 나타난다. 커다란 대나무 채반이 항아리 위에 놓여 있고, 그 위에 흰색 마분지로 만들어진 듯한 핸드폰 두 대가 엇갈려 기대어져 있다. 안테나가 길게 뽑아진 상태이다. 이미지 수신자가 안타까워하며, 적극적으로 개입한다. '안돼, 그럴 리 없어. 종이 전화기일 리가 없어. 제발, 뒤로 물러서지마.' 종이 전화기가 그 순간, 생생한 실체로 변한다. 반짝반짝하는 눈부신 흰색 새 핸드폰. 숫자판은 까만색이다. 이미지 수신자가, 후우, 하며 가슴을 쓸어내린다.

질문기계가 갑자기 다시 작동하기 시작한다. 이미지 수신자가 고통스러워하며 묻는다. '그런데, 대나무 채반에다가 오지 항아리라니? 이건 무슨 뜻이지?' 홀로그램 전체가 조금 어두워진다. 고뇌, 꽤 오랫동안 계속된다. 갑자기 이미지 수신자의 가슴이 환해진다. '아, 알았다! 바닷소금 항아리구나! 그래, 그랬구나.' 이미지 수신자의 입술에 미소가 감돈다. 이미지 수신자가 깊이 잠든다.

홀로그램
— 아무 데도 매달려있지 않은 돌 바구니

먼저 완벽한 어두움이 있다

오른쪽 상단 허공에 돌로 된 바구니 하나가 떠있다

나는 '떠있다'라고 썼다가 지운다
아니, 그건 떠있지 않다

그건 거기에 있다, 전적으로

나는 다시 본다
혹시 보이지 않는 기둥에 매달려 있거나
어떤 받침대로 버텨져 있는 건 아닐까 알기 위해서

그건 역시 거기에 혼자 있다, 자신의 원리에 기대어

돌바구니 안에는 벼이삭, 빗줄기, 들풀 따위가 들어 있고
그리곤 여자 하나가 있다
엄밀하게 말하면 여자의 모습은 내 눈에 보이진 않는다
다만 내 의식의 어느 부분인가가
'그곳에 여자가 있다'는 발신지가 불분명한 메시지를 수신할 뿐
이다

아, 그리고 마지막 디테일이 결정적으로 내 눈을 친다
그 허공에 있는 돌바구니를 자세히 보니
그것은 살이다! 돌이 된 살! 살이 된 돌!

따스한 不易性

멀리까지 왔구나, 그래, 어느새 꽤 멀리까지 왔다

홀로그램
— 두 종류의 이미지

#1

처음엔 아프리카가 나타난다. 실체적인 화면. 두텁고 얼룩덜룩
한 색채감. 화면은 정면에서 수신된다. 전쟁이 일어났다. 많은 사
람들이 죽는다. 비가 많이 내린다. 뒷모습만 보이는 고수머리 흑인
여자 하나가 뛰어다니면서 시신들을 수습한다. 맨발에다 초라하고
가난해 보인다. 그녀의 가슴에 고뇌가 가득 차 있다. 불안과 무력
함. 차가운, 습하고 냉랭한 우울. 그리고 분노를 닮은, 숨죽인 사
랑. 그녀의 마음의 상태가 이미지 수신자의 가슴에 고스란히 전달
된다. 그러나 이미지 수신자의 가슴은 아주 불편하다. '눈을 돌리
고 싶어.' 어디선가 속삭임이 들린다. '대충 덮어둬. 어쩔려구 그
래.' 그래도 홀로그램은 계속 이어진다. 시신은 거의 대부분 여자
들이거나 어린아이들이다. 흑인여자가 울면서 뛰어다닌다. 그녀가
수레를 구해다가 시신들을 담는다. 그리곤 고개를 돌리고 거대한
시체 구덩이에 쏟아붓는다. 갑자기, 이미지 수신자가 악, 하고 비
명을 지른다. 그 시신들 중에 소년의 잘린 목 하나가 들어 있었기

때문이다. 심장이 칼에 찔린듯 아파 온다. '어쩐지 아직 죽지 않았다는 생각이 들어.' 갑자기 소년의 머리가 클로즈업되며 이미지 수신자의 눈앞으로 다가온다. '어떡해, 이걸 어떡해, 정말 살아있네.' 뚜렷한 고수머리. 깜빡이는 긴 속눈썹. 쌍거풀진 큰 눈 속에 들어있는 맑은 갈색 눈동자. 소년의 두 눈이 이미지 수신자를 말가니 바라본다. '못 보겠어, 아냐, 죽었을 거야, 이건 악몽이야.' 이미지 수신자는 그러나 자기가 잠자고 있는 것이 아니라는 걸 너무나 잘 알고 있다. '제발, 더 못 보겠어, 그만!'

홀로그램이 꺼진다. 잠깐 사이.

#2
다시 홀로그램이 시작된다. 깔끔하게 아스팔트로 포장된 도시. #1의 생생하고 일차적인 화면에 비해 훨씬 추상적이다. '기호적이군.' 전체적으로 파르스름한 단색 화면. 이미지 수신자는 화면을 내려다보고 있다. 역시 비가 내리고 있다. 저 아래 거대한 공공건물 같은 것이 보이고, 그 앞에 광장이 하나 있다. 어쩐지 이미 '높은 곳'이라는 생각이 든다. 광장 한가운데에 가로등이 하나 서 있고, 그곳에 여자 하나가 작은 사내아이 하나를 데리고 서있다. 그들의 모습은 거의 검은 실루엣처럼 보인다. 사방으로 흰 대리석으로 만들어진 나선형 계단들이 높이 솟아 있다. 비가 계단 위로 일정한 속도로 계속 흘러내린다. '춥다'는 느낌. 그러나 #1에서처럼 직접적인 고뇌는 느껴지지 않는다.

여자와 사내아이는 누군가를 기다리고 있는 것처럼 보인다. 건물 왼쪽 모퉁이에서 남자가 하나 나타난다. 여자는 그 사실을 알아차린 것 같지만, 내색하지 않는다. 어쩐지, 남자 쪽에서 의지를 가지고 여자에게 다가오기 전에는 두 사람의 인지는 무의미하다는 생

각이 든다. 여자는 사내아이의 손을 잡고 가만히 앞을 바라보고 서
있다. 반면에 사내아이는 몸을 돌려서 적극적으로 남자를 바라본
다. 남자는 고개를 푹 수그리고 빠른 걸음으로 걷는다. 그러나 뛰
지는 않는다. 이미지 수신자의 가슴에 남자의 마음도 느껴진다.
'도망치듯이…… 하지만 그는 여자를 알고 있어. 그도 슬퍼해.' 남
자는 가로등 뒤쪽을 지나 오른쪽 계단 아래로 내려간다. 여자는 가
만히 서있다. 슬퍼하는 것 같지만 내색하지 않는다. 이미지 수신자
는 '그녀가 기다릴 것'이라고 생각한다.

  남자가 사라지고 나자, 빗소리가 갑자기 커진다. 그러나 비가
더 세차게 내리기 때문은 아니다. 비는 일정하게, 홍수가 질만큼은
아니지만, 그러나 상당히 많은 양으로 계속 쏟아진다. 갑자기 계단
이 움직이기 시작한다. 사방에 있는 계단이 아주 빠른 속도로 하늘
을 향해 살아있는 것처럼 힘차게 움직인다. 이미지 수신자의 가슴

에 어떤 힘찬 확신이 생겨난다. '위로…… 그래, 위로.' 오른쪽 계단 한가운데쯤 거대한 대형 텔레비전이 나타난다. 텔레비전은 왼쪽 방향으로 돌려져 있다. 화면 안에 생생한 초록색 열대우림이 보인다.

계단은 계속 하늘을 향해 올라간다. 빗물 계속 흘러내린다. 차고 맑은 물. 그리고 무심한 슬픔…… 무심한 슬픔. 투명하고 단정한 憂愁. 나지막한, 그러나 절대적인 방식으로 들려오는 빗소리, 빗소리……

IV

세상 속으로 —— 귀환과 연대

귀 환

그리고 내 오랜 눈물 뒤에
당신은 작은 사내아이를 데리고
내 곁으로 돌아왔다

아이가 말했다

얼어붙은 세계의 산꼭대기까지 갔었어요
우레가 피처럼 울고 사람들이 서로 죽였어요
그 새벽에 배가 도착했어요
우린 엄마 생각을 했어요

아이가 왼쪽 팔소매를 걷어 보였다

깔끔한 쇠 한 조각 단단히 象嵌되어 있다

내가 아이를 끌어안는다

아이가 또 말했다

그게 엄마 눈물인 걸 알았어요
아버지가 말해 준 걸요

당신 눈 속 깊이
동굴이 보인다 당신이 없다고 말하고
가버렸던 동굴

바다의 지진 이후

들끓던
바다의 용암이 손톱을 밀어넣고 있다
큰 여자 하나 파도 위로 나르며
긴 장삼 끝으로 탁탁
아직도 으르렁대는 파도를 가볍게 때린다
이제 그만
그만 힘을 숨겨

지진이 지나갔다

이제 무엇을 할 것인가

여자는 바닷가에 내려앉는다

餘塵이 남은 갯벌 위에서
물고기 몇 마리 뒤채고 있다
깊고 먼 바다 뒤집어지며
밀려온 장님 물고기들

여자는 큰 어항을 들고 다가간다

곧 세계의 어부들이 다가오리라

천년 전에 물가에서
— 시와 붙어버린 생

말들이 가물가물 차오르면
난 내 가슴의 우물물을
버드나무 국자로 퍼내지요
천 년 전에 당신이
버드나무 늘어진 물가에서
내게 깎아주셨잖아요

버드나무는 낮게 낮게
물과 하늘과 땅에
참, 열심히도 절을 하대요

물 위에는 죽은 사람들
환히 웃으며 떠서 지나갔어요
그이들, 참, 아름다웠어요

당신 이마 위에 바람이 스치고 지나갔던 게 생각나요
문득, 비구름에 몰려오고
빗방울 두어 방울 후둑 떨어지고

오늘, 국자로 물을 뜨다가,
내 얼굴을 보았어요
당신인지 난지 죽은 그이들인지
아님 버드나무인지 나비인지 빗방울인지

웃다가 보니까 국자가 손에
붙어버렸네 글쎄 나도 죽을 때가 다 되었나봐요
참 좋아요 그럼 당신 만날 수 있잖아요

李箱 이후

자다가 이상한 소리에 잠을 깼다

李箱이 쫓아냈던 4를 끌어안고 내 머리맡에 앉아서, 껍질도 속도 빨간 사과를 사각사각 베어먹고 있다

나는 모르는 체하고 누워서, 봐, 오라버니, 뜨거운 물 엎질러도 괜찮지, 하고 속으로 말하며 웃는다

내가 오라버니 상자에 하얀 깃털 넣어 줄게 그 까만 깃털은 못 쓰겠더라 오라버니 그 깃털 때문에 죽었잖아 오렌지도 혼자 먹고 어두운 데다 여자 숨겨놓고 그러니까 여자가 오라버니 데려갔잖아 죽어서야 4랑 결혼하다니 그 좋은 머리 어디다 두고

난 빛 속으로 그 여자 끄집어낼 거야 난 그 여자에게

흰 옷 입혀줄 거야 그래서 같이 살 거야

껍질도 속도 빨간 사과 매일 먹을 거야
매 순간 먹을 거야

그래서 매순간 내가 될 거야 그뿐인 줄 알아
매일 하얀 날개 달린 사내아이랑 계집아이들을
사내아이도 계집아이도 아닌 아이들을
계집아이이면서 사내아이인 아이들을 열세 명씩 낳을 거야
뜨거운 물 속에서 자맥질까지 할 줄 아는 천사들을

이상이 사과를 먹으면서 빙긋이 웃는다
그가 손가락으로 자기 가슴을 가리킨다
사과가 폐 구멍을 잘 막고 있다

내가 웃으면서, 안녕, 하고 말한다

난 깊이 잠든다

사랑으로 나는

사랑으로 나는 내가 보았던 매미날개와 매미날개에 머무는 햇살과 그 햇살의 순간의 예민한 망설임들을 이해한다. 사랑으로 나는 내가 보지 못했던 오로라와 그 오로라가 우주 먼 곳 태어나지 않은 역사와 맺는 관계를 이해한다. 사랑으로 나는 내 내장 깊은 곳까지 박힌 칼들을 이해한다. 사랑으로 나는 언젠가 그 칼들이 나를 더 이상 아프게 하지 못할 날이 올 것이라는 것을 이해한다.

사랑으로 나는 죽어가는 세계의 모든 생명들과 이제 막 태어나는 어린 생명들과 하나가 되고 싶다, 될 것이라고 믿는다, 될 것이다. 사랑으로 나는 나이며 너이며 그들이다. 사랑으로 나는 중심이며 주변이다. 사랑으로 나는 나의 상처의 노예이며 주인이다. 사랑으로 나는 나의 상처를 세계의 상처 위에 겸손하게 포개놓는다. 세계, 나의 아들이며 나의 지아비인 세계의 상처 위에. 나처럼 아프고 불행한 세계의 상처 위에, 가만히, 다만 가만히.

팔루스 좀비들

혓바닥 끝에 길다란 막대기를 꽂은
괴물들이 대낮에 출현했다

번들거리는 눈
명성과 돈과 권력을 향해
애타는 갈망으로 까맣게 타들어가는
후기자본주의의
좀비들 아주 빠르게 음험하게
비열하게

그 막대기 꽂힌 혀를 마구 휘두르면서
때로 야수의 힘을 만끽하기도 한다
입가에는 늘 독침이 줄줄 흐르고 있다

"흐흐 난 남자야 다행히도"

파괴자의 기만적인 전설들

여자들의 몸이 찢어지고 피가 튀고
살점이 발개내어진다 여전히
카타리나는 바퀴살 위에 매달려
천년 전부터 울부짖고 있다

어떤 사람들은 귀를 틀어막고 있다

"내게는 안 들려. 그건 너의 개인적인 문제일 뿐이야"

풀잎들은 오늘도 바람과 싸우다가

다친 채 뿌리까지 드러누웠다가
일어난다 〈개인적으로〉

분노일기 1

날들은 피묻은 혓바닥을 드러내고
내 길 위에 엉겨붙는다

눈을 번들거리며
물어뜯을 먹이를 발견하고는
야비하고 잔인하게
내 운명의 길 위에
침을 흘려놓는다

때로 분노 때문에 견딜 수가 없다
때로 마음이 증오의 불길로
까맣게 그을려 버리기도 한다

그러나 돌이켜 돌아본다

166

말하지 못하고 죽어갔던 수많은 여자들
그녀들의 잘 덮이지 않은
열린 무덤들을

그 무덤들을 뚫고 나와
아직 세계를 향해 부지런히 신호를 보내는
그녀들의 가엾은 창백한 손가락들을

그 손가락 끝에 달린 눈동자들을
"살아선 잘 보지 못했어"라고 울고 우는
짓물러진 눈동자들을

나는 그 손가락들을
죽음으로부터 끄집어낸다

그리고 그 손가락들을 잡고 싸움을 시작한다
그녀들을 살리고 나도 살기 위해서

눈물소리, 내 마음속 깊은 곳에서
칼의 투명한 맑음으로 흘러가는 눈물소리
미움보다 더 강한 눈물소리
수천 죽은 여자들이 쏟아내는 눈물소리
그것이 치솟는 소리를 듣는다

분노일기 2

나는 수직으로 파인 동굴 아래쪽에서 화면을 바라보고 있다. 사방이 캄캄하다.

갑자기 웅성거리는 소리가 들리고 화면 저쪽에서 앰뷸런스 한 대가 나타난다. 앰뷸런스는 경적을 울리지 않는다. 그것은 느릿느릿 움직이고 있다. 한 무리의 남자들이 앰뷸런스를 에워싸고 달리고 있다. 그들은 온몸으로 살기를 내뿜고 있다. 아니, 자세히 보면, 살기를 내뿜는 것이 아니라, 불안해하고 있는 것처럼 보이기도 한다. 눈빛이 잔인하게 이글대고 있다. 그들은 모두 마스크를 쓰고 있다. 마치 무엇인가 더러운 것을 운반하고 있다는 표정이다.

누군가 내 귀에 대고 속삭인다. "여자야. 앰뷸런스 안에는 병든 여자가 하나 있어. 다 죽어가고 있어." 내가 그 누구에겐가 묻는다. "어디로 데려가는 거야? 병원으로 데려가는 것 같지는 않은데."

앰뷸런스가 동굴 입구에 멈추어 선다. 남자들의 눈초리가 점점 더 잔인해진다. 그들이 웅성대기 시작한다. 웅성거리는 소리가 점점 더 커진다. 누군가 낮은 소리로 명령을 내린다. "그년 빨리 끄집어내!" 남자들이 동굴 입구를 막고 있던 돌뚜껑을 들어낸다. 동굴이 갑자기 환해진다. 남자들이 축 늘어진 여자 하나를 앰뷸런스에서 끌어낸다.

내 가슴이 쿵쿵 고통스럽게 뛰기 시작한다. 고막이 터져 버릴 것 같다. 나는 혼자 중얼거린다. '아직 살아 있는 것 같은데, 어쩌려고 저러지?' 웅성거리는 소리를 헤집고 어떤 남자의 섬세한 목소리 하나가 떨며 말한다. "아직 안 죽었잖아. 우리 이거 너무 하는 거 아냐?" 다른 잔인한 목소리가 그 목소리를 막는다. "상관없어. 던져 버려!"

남자들이 여자를 구덩이 아래로 던진다. 여자의 몸뚱이가 흙구덩이에 힘없이 파묻힌다.

　나는 아무것도 할 수가 없다. 나는 마치 한 그루 나무처럼 꼼짝도 할 수가 없다. 마음속에서 분노가 거꾸로 흐르는 폭포처럼 솟아오른다. "어떻게 저렇게 잔인한 짓을…" 나는 장면을 놓칠세라 눈을 부릅뜨고 바라본다. 여자의 손 하나가 흙구덩이 위로 솟아 나온다. 살려달라는 듯 애절하게 손짓한다. 그러나 곧 축 늘어져 버린다. 내가 간절히 말한다. "오 제발, 힘을 내. 너는 일어설 수 있어."

　남자들이 구덩이 속으로 저마다 얼굴을 들이밀고 들여다보고 있다. 그 중 가장 잔인해 보이는 자가 말한다. "이제 됐어. 자, 뚜껑 덮어." 남자들이 돌뚜껑을 끌어당긴다. 빛이 점점 더 사라진다. 잔인해 보이는 그 남자가 다짐하듯 말한다. "잘 덮어." 이윽고 쾅 하고 닫히는 소리.

동굴 안은 캄캄하다. 아니, 캄캄하다고 내가 생각했을 것이다. 입구가 닫혔으니 캄캄할 수밖에 없지, 그러니까 캄캄할 거야, 라고 생각했기 때문에 캄캄하다. 그런데도… 이상하게도… 내 마음은 정말은 아프지 않다. 이 장면 전체에는 어떤 이상한 낙관주의가 있다. 아니다, '믿음'이라는 편이 더 맞는 것 같다. 나는 이상하다고 생각한다. "왜 그렇지? 왜 나는 이 비참한 상황에서도 절망하지 않는 것일까? 여자는 정말 죽은 것 같은데…" 그리고 나서 다시 보니, 동굴은 캄캄하지 않다. 아니, 동굴은 캄캄하지 않군, 이라고 내가 생각했을 것이다. 그렇게 생각하고 나자, 동굴은 점점 더 밝아진다. 어디에선가 빛이 새어들어오고 있다. 빛은 사방에 있다. 어디에서 오는 빛일까?

나는 힘들게 고개를 움직여 본다. 아, 빛이 있다. 동굴은 닫혀 있지 않았던 것이다. 수직 방향으로 닫혀버린 동굴은 수평방향으로 열려 있었던 것이다. 빛은 동굴 옆 방향에서 쏟아져 들어오고 있다. 빛은 점점 더 많이 해일처럼 흘러 넘친다.

그리고 나는 본다. 그 수평의 길을 따라 걸어나가고 있는 여자의 뒷모습을. 동굴의 길은, 완전히, 꼭, 그녀와 등신대의 높이로 옆으로 파여 있다. 그녀는 몸을 죽 펴고 빛이 들어오는 방향으로 걸어나가고 있다. 역광으로 비쳐지는 그녀의 실루엣은 씩씩해 보인다.

숲-도시

아무 일도 일어나지 않았다
나는 숲에 있고 그리고 도시에 있다

시간은 두 겹으로 흘러간다

때로 도시에서 내 몸이 찢어진다
혀에 막대기를 꽂은 왕자들이
침을 질질 흘리며 내 몸 위에
문명의 토사물을 쏟아놓고 가기도 한다

그러면 도시에 있는 내가
아파서 절절 매기도 한다

그러나 사실은 나는 알고 있다
아무 일도 일어나지 않았다는 것을

숲에서는 숲의 여자가 숲길을 걸어가고 있다
새로운 도시가 숲길 안에 조금씩 생겨나고 있다
그 도시의 시민들의 혀는 엷은 분홍색이다

우리는 그 혀들을 장미라고 부를 수도 있다
시간의 장미라고 부르는 것이 더 정확하다
수 천 겹의 참을성 많은 혀들
아픔까지 맛있게 요리해 내는 혀들

"할머니의 요리법은 늘 유용해"

숲과 도시는 왔다갔다 섞인다
사실은 모두 제 자리를 향해
돌아가는 것뿐이다

일어난 일은 아무것도 없다

숲은 천 년 전부터 제 길을 간다 그뿐이다

여자들의 농성

말이 먼 곳에서 여자들을 찾아왔다
여자들은 높이 퉁겨져 올랐고
세포 깊은 곳에 저장된 정보들이
높이높이 뛰며 여자들의 몸에 날카로운
빛을 꽂았다

송곳같애! 이런! 말은 정말 빛의 송곳같애!

송송 세포 사이사이에 집적된 이미지들이
ㅌㅓㅈㅕㄴㅏ ㅇㅗㅏ ㅆㄷ ㅏ
(디지털 사인으로)

여자들은 생각했다 아 이젠
세상을 향해 가도 되겠다

문이 열릴 거야 이번엔 정말로
말이 열쇠가 될 거야

그러나 세계는 여전히 귀마개를 하고
쿨쿨 자고 있었다 군인의 유니폼을 입고
과거 쪽으로 기우뚱 기우뚱 몸을 기울이며

여자들은 닫힌 귀 앞에 농성 천막을 쳤다
미래라는 플래카드를 걸고 넉넉하게

오늘만 날인가! 쇠털같은 날에!

여자들의 기도

우리의 말은 너무 먼 곳에 있거나
너무 깊은 곳에 있어서
세상을 만나지 못합니다

다만 우리의 순한 몸이
세상을 꾹꾹 견디며
세상 길 위에 있을 뿐입니다

사랑으로도
몸뚱이를 다 찢고
내장까지 들어와 닥치는
이 생생한 말의 느낌으로도
세상의 귀를 열지 못해서

우리가 숨어서 얼마나 울었는지
하느님 당신만이 아십니다

생생한 육체로 생생한 세상 안에서
텅 빈 유령으로 사는 일이 얼마나 힘겨웠는지

그러나 쫓겨난 자만이 가질 수 있는 능력으로
세상 길 위에서 오래도록 헤매는
많은 유령 거지의 혀들을 알아보았습니다

그 혀들 정성스레 거두었어요
차마 우리 서로 사랑하지 않으면 누가
이 가난한 혀들에 마음쓸까 싶었습니다

거지들의 혀 우리 혀에 덧대어 꿰매고
오늘도 귀 막은 힘센 자들의 세상 길을 걷습니다
하느님 끝까지 가게 하셔요
당신이 우리를 사랑하시듯이
우리가 이 가난한 혀들을 사랑하므로
우리의 賤役을 부끄러워 않습니다

사랑하는 자는 다만 사랑 안에 집을 짓기 때문입니다

오월, 대지를 향해 열린 피의 길

죽은 자들은 오월 햇살 아래에서 고요하다
죽은 자들은 죽은 자들의 흰 뼈에 서로 기대어
지하의 궁전에서 고요하다
죽음은 그들에게 이제
완결된 신성한 사건이다

그들의 죽음은 이제 우리의 문제이다
시끄러운 세월 속에서 그 죽음은
아직도 허공에 둥둥 떠있으므로
어떤 의미 안에서도 완결되지 않은 채
허공의 시간을 향해 두 손을 뻗는
우리의 손끝에서 아직

무섭게 텅텅 울리므로

182

나는 피흘리는 네 곁에 있지 않았다
나는 얻어맞는 네 곁에 있지 않았다
나는 질질 끌려가 개처럼 얻어맞고
사지가 뭉개진 네 곁에 있지 않았다

대지에 흘러내린 네 피가 입을 열어
하늘을 향해 아벨의 비명을 질렀어도
나는 아무 대답도 하지 않았다

20년이 지난 아름다운 오월
명치끝에 돌처럼 딱딱한 다른 심장 하나 얹혀 있다
내가 모른 체했던 네 찢긴 살로부터 빠져나와
내 육체 안에 단단히 자리잡은 엉긴 심장

어쩔 것인가 나는 돌아온다
네가 얻어맞아 죽은 그 자리로
이미 너는 흰 뼈로 고요하지만
나는 그 자리에서 역사의 이삭이라도 주워야 한다
한 알갱이라도 진정으로 단 할 알갱이라도

그것을 이윽고 대지에 내려놓아 싹을 틔우는 날
네 엉긴 심장이 나를 고요히 풀어주리라는 것
나는 안다 죽어서 고요한 자들
죽어서 역사의 이삭이 된 자들

오월 나의 또 하나의 심장
대지를 향해 열린
내 육체의 다른 피의 길

용과 싸우는 여자들

그녀들은 빛에 관해 오래 생각했다. 미만한 빛.

그녀들은 빛이 소리를 낸다는 것을 오래 전부터 알고 있었다. 빛이 시고 화아한 맛을 가지고 있다는 것도. 빛이 사람의 몸 위에 천 개의 손바닥을 올려놓고 진피를 뚫고 들어가 조용조용 쓰다듬는다는 것도. 그 모든 감각이 결국 말의 극한까지 달려간 어떤 다른 종류의 말이라는 것도.

그곳에서 고독은 참으로 새삼스러운 추문이다. 왜냐하면. 그곳에서 얼굴은 의미를 잃어버리기 때문이다. 그곳에서 모든 것은 지워진 얼굴들을 가지고 있다. 그 없는 얼굴들은 절대 자비 또는 처참 안에 놓여있다. 또는 가장 적극적인 긍정이거나 부정 안에. 다만 어느 쪽으로부터 사물을 바라보느냐는 문제는 남아있다.

그녀들은 안쪽으로부터, 심연으로부터, 고통받는 자들의 쪽으로부터, 세계 안에서 말을 빼앗긴 자들의 쪽으로부터, 아직 살아본 적이 없는 자들의 쪽으로부터 바라본다. 그녀들이 행복에 관해 노래에 관해 조화와 균형에 관해 쉽게 말하지 않았던 것은 그 때문이다.

그녀들은 그렇게 알게 된 말을 사람들과 나누고 싶었다. 세계의 힘센 허위 앞에 마주 서서. 그 허위로부터 줄창 얻어맞으면서도, 사람들의 가슴속으로부터 작고 소박한 진실을 끄집어내기 위해서. 백년 묵은 긴 혀를 빼물고 세상의 말을 개미핥기처럼 쓸어먹는 거대한 괴물이 그녀들을 비웃으며 키득거리며 웃어댔다. 아기자기한 포스트모던 사물들이 그 괴물의 얼굴을 가리고 있다. 그 괴물은 꽹꽹대며 〈안락〉이라고 하루에도 3백만 번씩 떠들어댄다. 그녀들의 말은 너무 작아 사람들의 귀에 들리지 않는다.

그러나 괴물은 너무 오래 살았다. 그리고 그녀들은 아주 오래 심연으로부터 사물들을 바라보아왔기 때문에 어지간해서는 절망해서 쓰러지지 않는다. 그녀들은 절망조차 사치라고 생각할 만큼 오랫동안 고통을 겪었으므로, 가슴 깊은 곳에서 자기 치유의 샘물을 끊임없이 길어올린다. 그녀들은 찬찬히 참을성 있게 괴물의 껍질을 공격한다.

괴물의 비늘은 도처에 풀풀 날아다닌다. 당분간은 그 비늘이 독을 뿜어낼 것이다. 벌써 공기는 매캐하다. 그러나 그녀들은 포기하지 않는다. 그녀들은 많은 죽음들을 딛고 왔기 때문이다. 그녀들은 빛의 소리와 냄새와 맛과 촉감을 알고 있기 때문이다. 이것은 믿음을 〈사는〉[生] 새로운 종족에 관한 이야기이다.

힘센 고요 속으로

고요 속으로 들어간다
거기 멍들어 잠든 얻어맞은 말들이 있다
분노의 뿌리를 잘라낸 말들

거대한 수동성의 빛 안에서 가장 적극적으로
자신을, 자신을 거쳐, 무수한 타자들을
통시와 공시를
운명과 문명을

함께 들여다보는 말들
들여다보고 들여다보여지는 말들

나는 눈물이 복받쳐 그것들을 향해
온몸을 뻗는다, 몸밖에 없어 몸만 뻗는다

몇 년이나 더 살아야 할까

이 말들을 세상으로 데리고 나와
썩은 자들의 썩은 대가리를
후려치는 망치로 삼으려면

그 대가리로부터 정녕 그들을 키워낸
저 참을성 많은 엄마의 말들을 끄집어내

코앞에 들이대어 보여주려면

"봐, 네가 버린 엄마야!"

나는 고요 속에서 반짝반짝 눈을 뜨고 있다

눈물은 이제 흘러내리지 않는다
그것은 분노의 힘으로 치솟는다

고요는 꿈틀거린다 폭발할지도 모른다

내 아픈 아가들, 자장자장, 때가 되면 깨워주마,
내 착한 아가들, 자장자장, 내 힘센 아가들, 자장자장

곧 무너질 벽

우리는 알고 있었다

저 벽 안에 무수한 말들이 갇혀 있다는 것을
반세기 통곡의 세월 동안 그 발설되지 못한 말들이
우리 가슴에 얼마나 깊고 깊은 절망의 계곡을
파놓았는지

천의 얼굴을 가진 영악한 자들이
계곡의 이쪽과 저쪽에서
증오의 소문을 퍼뜨리면서
그 계곡을 감시했다

두려움이 사랑을 잡아먹었었다
우리는 계곡의 이쪽과 저쪽에서

벽 안에 갇힌 말들에 대한 믿음을
서서히 잊어갔다

그러나 어느 날 우리는
천의 얼굴을 가진 영악한 자들의
음모를 깨닫기 시작했다 그리고 그들에게
그들의 거짓말을 돌려주기 시작했다

잊고 있던 갇힌 말들이 조용히 그러나 단호하게
움직이기 시작했다 계곡은 갑자기 시끄러워졌다

그리고 우리는 문득 알게 되었다
작고 작은 홀로 흐느끼던 말들이
홀로 길을 찾으며 참을성 있게
절망의 계곡 속에서 참하게 만남을 준비해 왔다는 것을

그러므로 천의 얼굴을 가진 영악한 자들의 벽이여,
우리가 연약한 물의 말로 그대들의 힘센 돌의 말을
이윽고 무너뜨리는 것을 보게 되리라
우리가 울며 참하게 갈무리해 두었던
저 숨겨진 물의 말들이
계곡의 이쪽과 저쪽을 단번에 뛰어넘는 것을
그대가 무참하게 보게 되리라

우리가 그때 무너진 벽의 벽돌로
새 집의 초석을 놓으리라

그 작은 말들로 이루어진 새 집에
증오의 장사꾼은 한 발도 들여놓지 못하게 하리라

벽을 흔드는 작은 말들

거대한 거짓말의 벽 앞에 우리는 서있다
맨 몸으로

우리가 가진 것은
생의 진실에 대한 갈망뿐

맨 손으로 벽을 두들긴다
벽은 단 하나의 오만한
거짓말 덩어리로
버티고 서있다

그러나 그 벽을 두들기는 우리의 맨손은
이미 느낀다 벽이 흔들리고 있다는 것을

벽의 억압 너머로 꿈틀거리는
숨겨진 작은 혀들 5월의 피 묻은 나뭇잎 같은
진실을 사랑하는 힘으로 벽을 흔들어
벽을 뚫고 솟아나오는 각성한 혀들

우리는 혼자이며 여럿이다
우리는 연약하며 강하다

눈 내리는 마을

일년 내내 눈 내리는 마을이 있어요
거기선 눈물을 흘릴 수 없지요
바깥으로 나오자마자
가슴의 깊고 끈적거리는 물이
희고 가벼운 날개로 바뀌어 버리거든요

그 마을의 하늘엔 늘 해 두개 달 두개가 떠있어요
밤도 낮도 없어요 그리곤 반짝이는 눈이
하루종일 조용히 조용히 내려요
눈은 쌓이지 않아요 한번 있었던 걸로 족하다는 듯
바닥에 닿으면 아슴하게 사라져요
마을은 슬프지도 기쁘지도 않아요 그냥 조용해요
그 마을은 어떤 빛으로 빛나는데요
저절로 빛나는 건 아니거든요

그러니까 어디서 빌려온 건데
아무도 어디서 빌려왔는지 몰라요
아마 가슴의 상처 밑에 고여 있던 걸까
그 상처가 이상한 말의 통로라는 걸
알만한 사람들은 다 알거든요
그 통로를 통해서 그 마을 사람들이
천년 전과 천년 뒤로 말을 보내고 받는다고들 하거든요
그 말들이 어쩌면 맥락과 맥락 사이에서 빛을 만들어낸 걸까
아주 먼 곳에서 시작된 빛을 받아서?
아 그래요 아직 공식화된 건 아니구요

그 빛은 안에서 밖에서 빛나요
아주 이상한 빛이예요
그건 먹을 수 있어요

먹으면 배가 부르냐구요 아뇨 그렇진 않아요
그냥 진실에 가까워졌다는 느낌이 들죠

그 마을 사람들은 누구나 집안에서 살면서 집 밖에서 산답니다
모두들 너무나 사랑해서 그래요

그 마을 사람들 살을 보셨어요?
만지면 살짝 지워져요 만지는 사람을 받아들이느라고 그래요
그리곤 다시 생겨나요 다시 주기 위해서요
내가 당신 어깨에 머리를 올려놓으면
내 머리에 맞게 당신 어깨가 안쪽으로 물러서요
그리곤 당신 팔이 내 허리를 안으면
내 허리는 툭 잘려요 소리까지 들리는 걸요
싸래기 눈 바삭바삭 소리내며 동구 밖에 찾아오는 것처럼

그 마을에 살러 가시지 않을래요?
흰 눈 종일 조용조용 내리고
상처들이 비밀스럽게 편지를 주고받는 곳
당신도 나도 다른 사람들과 함께
이상한 빛을 생산하는 기이한 발전기가 되는 곳

말을 배운 길들

길들이 울면서 자꾸만 흘러갔다. 마음이 미어질듯이 아팠다. 나는 길들에게 말했다. 울지 말고 말을 해. 길들이 울면서 대답했다. 우린 말할 줄 몰라. 길들이 가엾어서 견딜 수가 없었다. 내 안으로 들어올래? 길들이 흐느끼면서, 엄마, 라고 말했다. 나는 길들을 품에 껴안고 대지 위에 드러누웠다.

세상은 여전히 어두웠다. 나는 어둠 속에서 사물을 분별하는 법을 배웠다. 별로 어렵지도 않았다. 내 안에 들어와 순하디 순해진 길들이 내 몸을 먹고 자라나 열 손가락 끝에다 말의 랜턴을 달아주었으니까. 길들은 내 몸 안에서 제 길을 따라간다. 세계의 저쪽에서 누군가 와서 길을 물으면, 나는 열 손가락을 좍 펴고 가만히 드러눕는다. 그러면 그 사람은 나를 밟고 지나가면서, 아, 열 개의 지평선이군, 이라고 말한다. 나는 아녜요, 말을 배운 길들이에요, 라고 혼자 생각한다.

마을은 더욱 고즈넉해진다. 길들이 점점 하늘색을 닮아간다.

기도

뜨거운 가슴으로 걷다가
쓰러진 자는
뜨거운 가슴으로
일어설 수 있음을
믿게 하소서

영혼의 진화
— 흔들리는 〈사이〉, 말갛게 되비치는

권명환 (문학평론가)

　　김정란은 끝까지 가는 시인이다. '존재'에 미쳐서 소수문학의 영토에 천막을 친 지도 20년이 넘었다. 그녀는 오늘도 잃어버린 인간을 찾아 길을 나선다. 세계의 고통과 고통 틈새의 아름다움을 표현하지 않고는 견딜 수 없는 소수민족을 우리가 시인이라 지칭한다면 김정란은 소수민족의 마을에서도 외딴 곳에 자리한다. 김정란의 시는 유행하는 담론이나 철학적, 사회학적인 렌즈로는 잘 읽히지 않는다. 보이는 세계의 보이는 것만이 전부라고 믿는 사람들은 절대로 시인의 시를 이해할 수 없다. 왜냐하면, 시인 스스로가 지금까지 당연하게 여겨졌던 것들을 철저히 불신하기 때문이다. 그러니까, 김정란의 시는 자생적으로 담론을 형성한다. 이것을 이해하기 위해서는, 시인과 일체가 되어 스스로 불타 봐야 한다.

고백하건대, 나도 김정란의 시를 읽지 못했다. 시어는 미끈거렸고 만지려고 하면 어느새 허공 한 가운데에서 표류하는 내 자신을 발견했다. 가끔 시인이 손을 내밀었지만, 가슴의 어떤 구멍을 정면으로 건드리는 듯한 느낌이 부담스러웠다. 그러던 어느 날, 내게 놀라운 이야기가 들렸다. 뱃속의 태아가 자신이 태어나고 싶은 시각을 어미에게 신호로 알리어 적극적으로 출산에 개입한다는 것, 산부인과 수업 도중에 울고 말았다. 사람의 탄생은 자신의 의사와는 무관하다고 알고 있던 내게, 그것은 자아의 구축과도 연관되는 중요한 상징이었던 것이다. 그 날, 나는 김정란의 시를 읽었다.

만약, 후미진 뒷골목에서 몰래 울면서도 꿈꾸기를 포기하지 않은 당신이라면, 상처 입은 가슴을 적당히 달래주는 위안거리 이상을 문학에서 기대한다면, 문학이 세계의 흔적을 기록하는 보고서 이상의 가치가 있다고 여기는 당신이라면, 빛을 먹어서라도 당신 가슴의 휑한 구멍을 메우고 싶은 의지가 있다면, 단 1㎜, 1g이라도 존재의 갱신을 열망하는 당신이라면, 그런 당신이라면 김정란의 시는 당신 편이라고 말해주고 싶다.

시집 《용연향》은 4부로 구성되어 있다. 1부 - 눈물의 방, 2부 - 치유와 성숙, 3부 - 계시 또는 천사, 4부 - 세상 속으로 — 귀환과 연대는 확실히 서사적인 구성을 취한다. 시인에게 말한다는 것은 행한다는 것, 이것은 스스로의 말과 행동에 책임지겠다는 시인의 자기인식이 서

사적 열망을 낳은 것으로 보인다. 아울러 혹시 길을 잃을지도 모를 당신에 대한 배려로 읽힌다. 표제시 〈용연향〉은 '사이'가 드넓다. 아마 당신은 고개를 갸웃거릴지 모른다. 하지만, 당신이 4부까지 읽고 다시 〈용연향〉을 읽는다면, 분명 〈용연향〉은 다르게 읽힐 것이다.

1. 슬픔의 끝에 가보았니

시인은 1부를 몽땅 슬픔과 아픔으로 채우고 있다. 시인의 내면에는 웅크린 채 소리 죽여 우는 '너'가 있다. 시인은 이렇게 말하며 시집을 연다―"눈물 속으로 들어가 봐".

눈물 속으로 들어가 봐
거기 방이 있어

작고 작은 방

그 방에서 사는 일은
조금 춥고
조금 쓸쓸하고
그리고 많이 아파

하지만 그곳에서
오래 살다 보면

방바닥에
벽에
천장에
숨겨져 있는
나지막한 속삭임 소리가 들려

아프니? 많이 아프니?
나도 아파 하지만
상처가 얼굴인 걸 모르겠니?
우리가 서로서로 비추어보는 얼굴
네가 나의 천사가
내가 너의 천사가 되게 하는 얼굴

조금 더 오래 살다보면
그 방이 무수히 겹쳐져 있다는 걸 알게 돼
늘 너의 아픔을 향해
지성으로 흔들리며
생겨나고 생겨나고 또 생겨나는 방

눈물 속으로 들어가 봐
거기 방이 있어

크고 큰 방
　　　　　　　— 〈눈물의 방〉 전문

슬픔의 단면에는 확실히 아픔의 생생한 감각에 속하면서 그것을 내면화하는 방향으로 흐르는 눈물이 있다. 정신적 외상을 조그맣게 만들어 통제하려는 상상력의 완화작용을 G. 뒤랑이 말했던가. '작고 작은 방', 작아지기의 자장 속으로 빨려드는 상상력. 그것은, 공간을 가능한 한 축소하여 요동치는 슬픔을 어떻게든 줄이려는 안간힘이다. 지금, 시인은 "조금 춥고 / 조금 쓸쓸하고 / 그리고 많이 아프"다. 이때 우리가 '왜'라고 묻는 것은 정당할까. 주류 시가 시적 화자라는 가면을 쓰고 세계를 기록할 때, 언어마저도 오염되었다고 판단한 김정란은 화자라는 가면을 벗어 던지고 직접 내면으로 들어간다. 아프다고 말하는 사람은 시인의 분신이 아니라 김정란 그 자신이어서 똑같은 아픔이라도 시인은 훨씬 "지독히 느낀다"(〈통곡하는…〉) 그렇다면 '왜'라고 묻기 이전에 괜찮아? 라고 묻는 게 순서가 아닐까. 중요한 것은, 아악! 내지르는 비명의, 삶의 치욕스러움이 스며드는 고통의 생생한 실감이니까. 어쩌면 '삶'을 살아가는 시인에게 슬픔은 필연적이다. '삶'을 산다는 것, 그것은 치욕이 스며드는 순간, 자아의 내부에 매설된 지뢰가 폭발을 일으킨다는 것, '삶'로 좀더 가까이 다가가서 말하자, 도저히 삼킬 수 없는 덩어리를 그대로 토해내는 '삶'떨리는 진동, 그 진동과 연쇄반응하는 내면의 알레르기, 그리하여 점차로 요동치는 내면의 떨림을 매일 매일의 현장에서 '지독히 느낀다'는 것. 이른바 진단학의 시1), 80년

---

1) 의학에서 가장 어렵고도 중요한 것이 '진단'이다. 진단학 수업 첫시간에 배운 것이 바로, 진단은 환자가 문을 열고 들어오는 순간부터 시작된다는 것

대 이성복이 치욕을 시적으로 변용하여 세계가 병들었음을 고발했고, 90년대에 박서원이 무의식의 심층에 내재한 폭력의 뿌리를 찾아내어 우리 눈앞에 거침없는 상상력으로 뿌릴 때 김정란은 우리가 믿어 의심치 않았던 세계가 허구였음을 자신의 아픔을 통해 까발린다. 시인의 아픔과 치욕은 진단에서 가장 민감한 표지이다. 시인이 아프면 아플수록 자명해지는 허구 — 팔루스의 사탕발림, 규정성의 감옥, 근대 이성의 오만, 균형과 시니피앙의 허깨비 — 괜찮니? "많이 아파".

"많이 아프"지만, 시인은 비명을 지르지 않는다, 지를 수 없다, 지르지 않겠다. 김정란은, 그렇다. 아픔의 정점에서 터져 나가는 번식체계의 파편화를 절대로 용납하지 않는다. 극한의 아픔은 종종 사유의 발생지를 꽉 막아버리지만 시인은, 피를 줄줄 흘리면서도, 아픔의 극점에서 적대적인 두 힘의 매듭을 풀어 그 틈새에서 사유를 치솟아 올린다. "아프니? 많이 아프니? / 나도 아파 하지만 / 상처가 얼굴인 걸 모르겠니?"

그래서, 퍼질러앉아 엉엉 우는 모습보다 오히려 손바닥으로 얼굴을

이다. 걸음걸이, 표정, 중얼거림, 시선 등등. 김정란의 진단은 이와 유사하다. 시인은 내면의 도정에서 마주친 세계의 이면들, 타자, 흔적, 부스러기를 하나하나 점검한다. '주변적'인 것에 중요성을 부여하는 글쓰기라는 측면만을 고려한다면 김정란의 방식은, 데리다(Derrida)의 글쓰기에 가깝다.

가린 채 숨죽여 우는 시인의 모습을 발견할 때, 우리의 가슴이 아프다.

> 내가 아픈 마음 꽃 위에 담요처럼 덮어주네
> — 〈늦봄〉 부분

> 분노 낮게 낮게
> — 〈잘린 혀, 낮은 분노〉 부분

> 살과 살 사이에서
> 하나도 아프지 않게
> — 〈비〉 부분 (이하 고딕체는 인용자 강조)

안정성을 확보하려는 상상력이 창조한 '담요'나 슬픔과 투쟁하기 위해 생성된 방어기전임이 명백한 '낮게 낮게' 그리고, '하나도 아프지 않게'의 '하나도'. 비명을 밖, 한계로 밀어내고 텍스트의 언저리에 조용히 배치된 슬픔의 흔적을 발견할 때, 가슴이 저려온다. 그중, '하나도'는 병적인 뉘앙스를 풍긴다. 가장 작은 단독 / 통일체에 숨고 싶은 무의식의 흔적, 헤아릴 수 없는 아픔의 대척점에서 방어기제가 소환한 '하나도', 입을 틀어막고 흘리는 피, 그러나 그것은 역설적으로, 우리 존재의 명암에 슬픔이 드리워져 있음을 인정하지만 나날의 치욕을 절대로 모른 체 하지 않겠다는, 절반은 땅에 붙들린 채 끝까지 '삶'의 내재성을 포기하지 않겠다는 시인의 옹골찬 자존심을 반영한다. 이 안타까운 틈새에서 터져 나오는 나지막한 독백, "하나도 아프지 않게".

슬픔의 진정한 극복은 애도(哀悼)에서 시작된다.

　　돌로로사, 내 사랑, 여기 살아서,
　　그대… 그대의 아름다움으로 고통스러운
　　돌로로사, 그대를 사랑해, 여기에서
　　　　　　　　　— 〈돌로로사, 서울〉 부분

　시인의 내면화된 도정에서 마주치는 세계는 여전히 어둡다. 시인은 여전히 고통스럽지만, "힘을 꿈꾸지 않은 자의 무력한 정당성"(〈통곡하는〉)으로 십자가에서 처형을 당하는 아들을 망연히 바라보며 통곡하는 '고통의 성모'(Dolorosa)를 "사랑"한다. 그래, 사랑한다 치욕과 세계의 타락과 추악함에 저항하는 모든 사람을, 슬퍼하는 모든 여자들을 애도한다. 어디? 바로 '여기' '여기에서'. 애도의 단계에서 고통은 더 이상 억압자가 아닌 생산자이다.

　　여자가 숨쉬는 것을 포기하고
　　물 밑으로 깊이 내려가는 것이 보였다

　　이윽고 처참하게 썩은 여자의 시체가 둥둥 떠올랐다
　　그러나 그녀의 생생한 긴 머리카락이
　　휘돌며 쓰레기들을 휘감아안았다
　　조금 뒤엔 여자도 말의 쓰레기도 보이지 않았다
　　물은 여전히 희끄무레했다

그러나 안쪽의 어느 영역으로부턴가
호박색으로 말갛게 되비치는 빛
물은 이따금 안으로부터 사납게 아름다워졌다
　　　　　　　　　　　　　— 〈사향〉 부분

　정신분석학적으로 말해서 발의 움직임은 리비도의 흐름이다. 그런
데, 맙소사! 시인은 "숨쉬는 것을 포기"하고 물밑으로 깊이 "내려가"겠
다고 말한다. 살고자 하는 본능보다 강렬한 욕망, 그것은 '삶'의 필멸의
운명인 '죽음'까지도 내면화하겠다는 시인의 적극적인 의지를 반영한
다. 이때 우리가, 시체의 머리카락이 쓰레기들을 "휘감아안"는 끔찍한
이미지에서 마치 사랑하는 연인을 '감싸안는' 듯한 장면을 연상한다면,
그것은 '휘감아안았다'가 매개하는 사랑, 다시 말해서, 끔찍한 삶의 전
쟁터에서 우리가 시인의 사랑, 시인의 애도에 공감했기 때문에 가능한
것이다. 상처와 죽음의 향기인 '사향'이 그토록 아름다울 수 있는 비밀
이 여기에 숨어 있다. 애도의 단계에서 고통은 세분화된 변이를 거쳐
생산자로 작용한다. 아울러, '빛'은 어디서?
　"안쪽의 어느 영역으로부터"다. 안쪽에서 "되비치는 빛", 여기서 '되
비치는'이라는 표현에 주목할 것. 시인은 터져 나가는 빛마저도 존재의
안쪽으로 끌어당기고 나서야 발산시킨다. '되'비친다는 표현, 그것은
귀환의 욕망을 암시하는 동시에 '삶'의 내재성을 껴안겠다는 결의가 그
기표를 진동시키는 것인데, 시인에게서 강렬한 귀환의 욕망은, 특이하
게도 존재가 요청하는 소리로 표현된다. 가령,

바람 불 때마다 지금도 내 몸에선 바닷냄새 나는 말들이 그토록 고요
히 떠오르지. 내 안의 살이 엄마를 부르는 거야

— 〈아가, 청아, 〉 부분

　시인은 "내 안의 살이 엄마를 부르는 거야"라고 적고 있다. 우리가
김정란을 진정한 의미의 '내면성'의 시인으로 부른다면, 그것은 시인의
'내면'이 썩고 문드러진 자폐의 공간이 아니라 '살이 부르는' 존재의 요
청에 적극적으로 화답하는, 생성의 공간이라는 의미에서다. 때로 존재
가 요청하는 소리에 가만히 귀기울이면 놀라운 이미지를 만나기도 하
는데 무(無)로써, 빛으로써, 영혼의 청력으로, 아아 존재의 열망만으
로 '안쪽'을 찢고 날아오르는 '천사',

　난 기다린다 오래 아주 오래
　과거의 시간들이 천사의 날개를 발생시켜
　스스로의 힘으로 유리뚜껑을 들어올릴 때까지

— 〈기억의 사원〉 부분

　우리가 서로서로 비추어보는 얼굴
　네가 나의 천사가
　내가 너의 천사가 되게 하는 얼굴

— 〈눈물의 방〉 부분

　그런데, 시인은 "내가 너의 천사가 되는"이라 쓰지 않고 "되게 하는"
이라 적는다. 2) 이것은 확실히 존재론적 확산의 열망을 뜻한다. 오래,

아주 오래 기다린 시간이 존재의 열망과 겹쳐 부력(浮力)으로 조금씩, 조금씩 가볍게 떠오르다가, 떠오름의 정점에서 순식간에 육체를 찢고 파다닥 솟아오르는, 오, 한없이 자유로운 '천사'를, 시인은 자신의 내면과 '너'를 동시에, 나아가 우주를 한꺼번에 응시하면서 발견했을까. 그래, 생이 변화를 요구하면 바꾸면 된다. 내면의 떨림, 눈물 속의 빛의 알갱이가 서서히 진동한다. 문제는 열망, "되게 하", 상승하는 모든 것은 성스러움을 지니나니, 어느 순간, 영혼이 거하는 내면에서 날아오르는 천사를 발견할 지도 모르는 일, 시인의 표현을 빌리자면, "천사는 찾아오지도 떠나지도 않는다. 다만 그를 구하는 자의 눈에 들킬 뿐이다". 빛의 최후의 알갱이가 요동친다. 빛은 공간을 여는 '열림'이어

---

2) 욕망은 항상 두 가지 형태, '—로서 존재하기' 혹은 '—을 소유하고 존재하기'로 표현된다. 가끔 욕망이 '로서-소유하고 존재하기'라는 방식으로 표현되는데 그것은 극단적인 경우로써 정신분석학적으로 말하자면, 자아가 자신의 지표들을 상실할 위험에 처해있다는 것을 암시한다. '내가 너의 천사가 되는'은 얼핏 보기에 '-로서 존재하기' 같지만, 앞의 행과 겹쳐놓으면 '네가 나의 천사가 / 내가 너의 천사가 되는'으로, 즉, '로서-소유하고 존재하기'로 표현되는 것이다. 시인은 이 지점을 본능적으로 눈치챈 듯하다. '되는'을 '되게 하는'으로 적으면서, 위험신호를 가볍게 존재론적 확산의 열망으로 바꾼다. 모든 발화에는 무의식이 침투되어 있는데, 이 지점을 분석하는 것은 매우 중요하다. 왜냐하면, 시인의 무의식에는 주관적인 '개인적 신화'를 넘어서 사회적인 문맥 속으로 깊이 들이길 수 있는 상징의 핵이 담겨있기 때문이다. 시인의 무의식과 그 무의식으로 의식이 개입되는 양태는 특히 '홀로그램' 연작에서 두드러지게 드러난다. 시집 해설에 담기에는 너무 세밀한 읽기라서 여기에 관해서는 따로 글을 준비하려고 한다.

서, '작고 작은 방'(〈눈물의 방〉)은 어느새 '크고 큰 방'(〈눈물의 방〉)
으로 바뀌어 있는가.

2. '사이'의 흔들림 – 시니피앙의 숨구멍

2부는 '치유와 성숙'의 공간이다. 다시 말하지만, 진정한 슬픔의 극
복은 애도에서 시작되는데 시인은 벌써, "난 내 상처 구멍이 넓어지는
말 구멍이라고 사람들에게 가는 말의 길이라고 생각하기 시작했어요
그래서 그 구멍을 확성기로 쓴답니다"(〈새로운 죽음〉)라고 말하고 있
다. 그렇다면 이제 우리는, 우리가 '괜찮니'라고 묻고 건너뛴 지점들에
대해 질문을 던질 수 있지 않을까, 아니 던져야만 하지 아닐까. '왜' 울
었냐고, '어디에서', '어떻게', '어째서'. 왜냐하면, 치유는 모멸을 다시
는 용납하지 않겠다는 반성의 자리이니까. 아픔의 직접적인 감각을 사
유와 인식으로 바꾸어 자생력을 키우는 자리이니까. 다시 치욕을 삼킬
수는 없으니까. 우리, 고통스럽더라도 상처의 현장으로 돌아가자,
〈눈물의 방〉으로, '작고 작은 방'은 슬픔에 속수무책인 방이고, '크고
큰 방'은 슬픔이 치유된, 이미 완결된 방이다. 진정한 치유의 공간은,
우리가 건너뛴, 바로,

  조금 더 오래 살다보면
  그 방이 무수히 겹쳐져 있다는 걸 알게 돼

늘 너의 아픔을 향해
지성으로 흔들리며
생겨나고 생겨나고 또 생겨나는 방
　　　　　　　　　　— 〈눈물의 방〉 부분

'무수히 겹쳐[진]' 방이다. '겹쳐진' 방이라니! 중층적 공간인식은
범상한 인식이 아니다. 내면의 도정에서 시인은 타자와의 만남도, 존
재도, 시간도, 상처도, 눈물도, 쓸쓸함도 '겹쳐져' 있다고 말한다. '쓸
쓸함은 쓸쓸함 안으로 돌아갑니다'(〈쓸쓸함은 쓸쓸함 혼자〉). 그런
데, 존재의 '겹침'? 모양새가 이상하여라. 여러 층위의 '너', '너희들'은
김정란의 내면에 들쑥날쑥, 주렁주렁 매달려 있다.

하지만 실은 언제나 똑같은 이름을 가지고 있었어
인간이라는 이름
　[…]
아마-내-몸이-바늘이고-실이고-대숲바람이고-달이고-
기타등등이-될-것같네-아마-내-몸-위에-
말들이-나타날-것같네-다른-말들-땅꼬마들처럼-
작은-꼬물꼬물-기어가는-희미한-작은-말들-
난-이제-인간의-일에-따로-목매지-않을-것-같네-
　　　　— 〈-낡은-푸댓자루를-끌고가다-만난-보름달-과-초록
　　　　　실-과-〉 부분

시인은 '인간이라는 이름'의 '실'로 타자들을 주렁주렁 꿰고 있다. 다시 말해서, 개인의 내면에는 모든 인류와의 연결고리가 비밀처럼 숨죽이고 있다고 여기는 시인은, 스스로의 내면을 해석함으로써 세계에 쭉 다가간다. 이러한 존재론적 전략은 시인의 세 번째 시집 《그 여자, 입구에서 가만히 뒤돌아보네》에서도 확인할 수 있는데, 그 시집에서 여성을 복수태로 끌어안는 일에 좀더 집중했다면 이번에는 시인의 관심이 너, 너희들, 나아가 "기타등등"으로 확산되고 있다. 그것만이 아니다. 여기서 '말'의 확장에 주목할 것. 세 번째 시집에서, 아버지의 '말'을 신뢰할 수 없는 시인은 여성의 '말'로 자아를 구축하고 그 안에서 타자와 관계를 맺는다. 왜냐하면 '말'은 존재를 드러내려는 욕망이자 존재의 집이니까. 그런데, 말이야 쉽지 여성의 '말'로 자아를 구축한다는 것, 그것은 여성의 '말'을 발굴하고 새로이 창조해야 하는 지난한 작업이 아니던가. 시인과 '무관한' 여성들의 죽음을 끌어안고 통시적 시간축 위에 재배열하기, 아니, 통시적 시간축으로 뛰어들어 구더기가 들끓는 시체를 끌어안기, 그리하여 개별자의 죽음에 보편성을 부여하기. 시인은 이러한 관계맺기를 이번 시집에서 〈새로운 관계 — 무관한 유관함〉이라 부른다. 그러니까 시인은 너무나 떠나 있으면서 너무나 머물러 있다. 이것을 이해한다면, 시인이 세 번째 시집에서 여자의 '말'-'존재의 집'에 우선적으로 여성을 수납하는 것은 너무나 정당해 보인다. 그런데, 흥미롭게도 이 시에서의 '말'은, '다른-말들'로 드러난다. 다른 말? '-낡은-푸댓자루-'를 끌고 다닌다는 시인이 '다른 말'을 꿈꾸기? '다른 말'로 '기타등등'을 수납할 수 있는 집을 건설한다? 혹시 시인은 전혀 새로운 존재론적 플랜을 구상하는 건 아닐까?

어쨌든, 김정란의 몸에는 무수한 타자가 '아주 홀로 / 아주 함께'(〈역사의 뒷길〉) 매달려 있다. 육안으로 보면 '----'는 실밥처럼 보인다. 재미있는 건, 툭툭 삐져나온 실밥, 그것은 들쭉날쭉, 삐뚤삐뚤, '겹침'을 떠올리게 하고 다시 탈근대적 양태를 환기시키는데, 놀랍게도 시인의 탈근대적 타자성의 인식과 정확히 일치한다.

우리는 이미 진정한 치유의 공간을 '겹쳐진' 방으로 이해했다. 아니다, '겹침'과 '----'은 아직 성글다. 시인은 그 속에서 미세한, 그러나 아주 중요한 지점을 발견했을지 모른다. 서로 분리되고 스스로 합성하면서 터져 나가는 핵, 이 지점은, 김정란의 시를 이해하는 중요한 열쇠이다. 시인이 그랬듯이 우리도 천천히, 끈질기게 추적하자. 보청기를 꽂든, 고배율 현미경을 사용하든, 400x, 1000x… 보인다, '겹침'과 '----'에는, 바로

그 말들이 어쩌면 맥락과 맥락 사이에서 빛을 만들어낸 걸까
— 〈눈 내리는 마을〉 부분

사람들과 사물들 사이에 투명한 길 터놓고
서로 마구 오락가락하는 놈들
— 〈크리스탈 고아원〉 부분

216

땅과 하늘 사이에서
부드럽게 흔들리는

　　　　　　　　　　　― 〈꼭대기 나뭇잎 한 개〉 부분

‘사이’와 ‘흔들림’이 자리한다. 모든 겹침에 ‘사이’는 필연적이다. 신기
하여라, ‘사이’가 흔들린다. ‘사이’의 흔들림, 흔들흔들, 세상은 매순간
변하지 않던가. ‘흔들림’에도 ‘사이’가 생긴다. ‘흔들림’의 운동성이 겹
치는 순간의 ‘사이’, ‘흔들림’의 ‘사이’. 그것은 파스칼의 흔들림, 차라
리 우리들 본연의 모습을 닮았다. 땅에 박힌 채 허공으로 헤드뱅 하는,
‘살’의 내재성과 ‘초월’ 사이에서 끊임없이 흔들리는 우리들의 모습. 하
지만 어쩌랴, 나의 내면의 뻑뻑함은, ‘사이’를 자꾸 ‘틈새’로 고쳐 부른
다. 윤활액이 제거된, 뻑뻑한 흔들림의 ‘틈새’, 그렇다. 아직 멀었다.
그러나, 바로 그것 때문에, 시인이 초대하는 ‘사이’를 꿈꿀 수 있다. 시
인은 ‘흔들[려] ’서 자유롭다고 말한다.

　　다른 장면이 나타난다. 완만한 경사의 언덕이 보이고, 언덕 중턱에
　　거대한 다이아몬드가 박혀 있다. 보석은 언덕에 단단히 박혀 있지 않
　　다. 계속 흔들린다. 그러나 그것은 계속 찬란한 빛을 뿜어댄다. 빛은
　　보석이 움직이는 데 따라 불안하게 어른거린다. 그 빛이 내 마음을 한
　　없이 편안하게 한다. 엷은 향내같은 것도 느껴진다. 그러나 어떤 불
　　안이, 표현할 수 없는 ‘균열’의 느낌이 내 마음 깊은 어디에선가 흔들
　　리고 있다.

　　　　　　　　　　　― 〈홀로그램 ― 흔들리는 다이아몬드〉 부분

눈부시게 아름답지만 불안한 세계, 시인이 바라보는 세계이다. 이 것은 '다이아몬드'의 설정에서 자명하게 드러나는데, '다이아몬드'는 빛이 응축되는 순간의 극점에서 비정형으로, 불확정적으로 빛을 산란시키는 보석이다. 시인은 '불안하게 어른거[리]'는 빛에서 편안함을 느낀다고 말한다. 그것은 확실한, 단일한, 확정적인, 규정성의 세계를 더 이상 믿지 않겠다는 시인의 전언이 아닐까.

김정란에게 '사이'는, 들뢰즈 식으로 말해서 시니피앙의 '유목민적 공간'이다. 이것을 내 식으로 다시 고치면, 시니피앙의 '숨구멍'이다. 세계는 이미 딱딱한 벽으로 꽉 채워져 있다. 숨이 막혀, 지배담론, 딱딱한 시니피앙, 권력체계… 시인은 흔들리는 '사이'에서 숨쉬고, 흔들리면서 자유롭다. 生이, 세계가 변화를 요구하면 '흔들림'에 가속도가 붙는다. 흔들흔들, 흔들흔들, '사이'의 흔들림에서, 흔들림의 '사이'에서, '생성'이 '생성'된다. 진정한 치유의 공간은 시니피앙의 숨구멍, '사이'의 흔들림에 있다. 3) "시는 사이의 운명을 사나"(〈홀로그램 ― 큰 얼

---

3) 김정란을 소수문학의 외딴 곳에 자리하도록 만든 요인들 가운데 하나는, 시인의 독특한 인식론에서 기인하는 낯설음이다. 이것은 시인의 탓이 아님에도 불구하고 많은 오해를 낳았다. 우리가 시인의 인식론을 제대로 이해하고 그 타당성을 검토하기 위해서는 때로 인문학보다 현대 물리학을 살피는 것이 더 적절하다. 왜냐하면, 보이지 않는 세계에 천착해온 시인의 시와, 실증주의의 덫을 피해 객관적으로 설명할 수 없는 지점들을 검증해온 현대 물리학이 만나는 지평이 존재하기 때문이다. 겹쳐진 방과 '사이'라는 공간인

굴, 이윽고…〉). '사이'가 부글부글 끓는다, 번식체계가 요동친다, 생
성의 핵폭발!

'작고 작은 방'이 '크고 큰 방'으로, 근대와 탈근대 '사이'의 길이 생성
되고, 천사가 파다닥 날아오르고, 때로 언어는,

> 그녀들의 어리석은 영혼을 아낌없이 쏟아부었고
> 그리곤 기다렸다 어버버버 참을 수 없이
> 그녀들의 혀가 허공의 말을 내뱉을 때마다
> ― 〈허공에 뿌리내리는 꽃〉 부분

더 이상 어떤 언어도 아닌 말 / 숨결로 더듬거리기, '어버버버', 그

식은 데스파냐의 '비분리성의 원칙'으로, 과거와 미래의 겹침이라는 시간인
식은 아인슈타인과 로젠 등이 제기한 '양자역학'으로, 비정형으로 빛을 산
란시키는 다이아몬드의 설정과 그 상징은 '파동역학'으로 각각 설명이 가능
하다. 특히 '흔들림'의 운동성이 생성에 이바지한다는 인식은, 전자가 핵을
중심으로 운동을 계속할 때에만 에너지를 유지할 수 있고 그것을 고정해버
리면 그 고유의 성질을 잃고 만다는 '불확정성의 원리'와 닮았다. 이 흥미로
운 지점들은 김정란의 시에 관해 많은 것을 암시해 주지만, 이 자리에서는
두 가지 측면만 지적하기로 하자. 시인의 독특한 세계인식은 언어학적으
로, 아버지-시니피앙의 '사이'로 시니피에의 무의식적 욕망이 이동할 수 있
다는 라깡 식의 언표와 유사한데, 여기에는 화석처럼 고착된 시니피앙-시
니피에의 결합을 뚫고 여성의 언어를 복구하려는 시인의 끈질긴 욕망이 내
포되어 있다. 아울러, 이러한 시인의 인식론은 대상이라는 개념도 근본적
으로 변화시키게끔 요구하는데, 이때 대상은 보다 중층화, 복합화 되어 시
인에게 탈근대적 공동체 인식의 실마리를 제공해 준다.

한계, 밖, 허공으로 흩어지고, 치욕의 삶은,

> 완결되지 않은 갈망이라는 탄력으로 삶의 빡빡함을 부정하는 양식.
> 부정함으로써 부드러워지는 삶. 팽창된, 부풀려진, 사방을 향해 한없
> 이 달아나는 탄력적인 삶.
>
> — 〈갈망의 탄력〉 부분

'탄력적인 삶'이 되고, 핵폭발이 극점에 이르면, 우리의 존재는,

> 그러면 내 존재가
>
> 다
>
> 흩어진다고, 맑은 하늘 저 너머로
>
> — 〈그리고 다시 가을이 왔다〉 부분

허공으로 '흩어진다'.

3. 신성한 아기

'생성'의 현장에서 우리는 시인의 야심만만한 존재론적 플랜을 발
견할 수 있는데, 바로 새로운 존재의 탄생, '아기'이다.

아무 말도 않고 손톱 안으로 밀어넣고
여자들의 나뭇잎들 이 생 안에서
정성으로 흔들리며 간청하네
　［…］
난 안다네 그 무늬 이룰 때까지
그 상처들 얼마나 하늘을 향해
오랫동안 말을 걸었는지
　［…］
그 땅 깊은 곳에서 문득 하늘 열리는 소리
우주, 내 아들, 내 가여운 아들
　　　　　　　　　　　　　　　— 〈여자들의 나뭇잎 寺院〉 부분

　숲은 인류의 가장 강력한 상징의 하나로서 신성함의 공간이다. 여자로서의 나무, 그것은 땅에 파묻힌 채 잠들어 있는 몸이다. "열 번의 생 내내" "땅에 붙박인 그녀들의 몸"은, 그러니까 지독히 고통스럽다. 누가 날 좀 꺼내 줘. 태양의 남성이여, 비여, 바람이여… 그러나, "아무 말도 않고" 견딘다. 여자로서의 나무, 그것은 인고(忍苦)의 몸인 동시에 신생의 공간이다. 견딘다 썩는 '살'을 끌어안고, "상처들"이 스스로 "하늘을 향해" 오랫동안 말을 걸때까지, 견딘다 "열 번의 생 내내". 여자는 "자꾸 가슴을 누르고 눌렀"고 "정성으로 흔들리며 간청[한]"다. 흔들림, '사이'의 흔들림, 그렇다. 생성의 핵폭발이다. "그녀들의 투명한 몸에서 / 수정처럼 울리는 저녁종소리", 이윽고 "그 땅 깊은 곳에서 문득 하늘 열리는 소리 / 우주, 내 아들, 내 가여운 아들", 아기, 아기들. 새로운 존재가 탄생한다. 그런데, 새로운 존재는 "아버지가 없"다. 그러나 "하나도 불행하지 않"다. 랩을 하듯 시인은 맑고 경쾌하게, "어떻하지 고아원이라도 하나 지어야겠네", "크리스탈, 크리스탈, 봄의 크리스탈"(〈크리스탈 고아원〉)이라고 말한다. '크리스탈'은 전술한 '다이아몬드'처럼 탈근대의 양태를 드러내는, 비정형으로 빛을 산란시키는 다면체이다. 그것은, 오직 하나의 빛이라는 근대의 남성적 규정성에 대한 반박이 아닐까? 시인은,

> 내가 다른 당신을 낳아줄게
>
> 당신의 피곤을 내가 소비할게
> 세계와 타협한 당신
> 당신 대신 내가 갈게
> 〔…〕
> 당신 없이 내가 낳을 다른 당신
> 〔…〕
> 없는 곳과 있는 곳 사이에
> 내가 내 몸을 다리로 놓고 이제 잘 건너다녀
>
> ─〈單性 생식〉 부분

역시, '세계와 타협한 당신 / 당신 대신 내가 갈게'라고 말한다. 그러니까 새로운 존재는 〈單性 생식〉으로 태어나는 것이다. 남녀의 결합을 배제한 수정(受精), 그것은 가능한 한 육체성을 지운 신성한 결합이

다. "없는 곳과 있는 곳 사이에 / 내가 내 몸을 다리로 놓고" 낳는 아기, 그렇다면 시인은 남성들을 완전히 추방했나? 여기서 주목할 것. 시인은, "당신 없이 내가 낳을 다른 당신"이라 쓴다. "당신 없이 내가 낳"겠지만, 내 뱃속에서 꼼지락거리는 아기는 바로 "다른 당신"? 이것은, 시인이 남성들에게 전하고픈 메시지의 암중모색이다. "내가 다른 당신을 낳아줄게" "그리고 없는 당신을 낳아줄게", 시인은 남성을 배제하지 않는다. 다만, 변화하기를 간청하는 것이다. 마찬가지로 시인은, 근대의 남성적 규정성을 반박하지만, 근대의 성취를 부정하지는 않는다. 다만, 변화하기를 간청하는 것이다. 그러니까 시인은 탈근대에 서서 '뒤돌아앉은 채'(〈새로운 관계 ― 무관한 유관함〉) 근대와 탈근대를 동시에 겪는다. 이때 시인이 응시하는 근대란, 근대를 반성한 근대이다. '사이', 근대와 탈근대의 '사이', 그렇다면 '사이'에서 생성되는 새로운 존재, 〈單性 생식〉으로 낳은 신생의 아기는, 근대의 성취를 부정하지 않으면서 탈근대를 건설하는 깊은 내면의 소유자, 영성의 소유자가 아닐까. 시인은 근대와 탈근대의 '사이'를,

> 집이 조금 움직인다. 떠오르는 걸까? 아마도, 왜냐하면, 여자들의 무릎에서 날개가 삐죽삐죽 솟아나기 시작했으니까. 여자들이 와그르르 웃었다. 무릎에서 날개가 나다니! 괴상한 천사들이네! 여자들이 몸을 껴안고 둥실둥실 떠올랐다. 우린 집에 있다! 그런데 가벼워! 집에서 가볍다니까!
>
> ― 〈집, 조금 움직이는 여자, 여자들〉 부분

'무릎'으로 통과한다. 이것은, 겸손하고 경건한 자세이다. 대지모의, 성모의 자세. '무릎'을 땅에 맞닿은 채로 기도하는 겸손함이 어느 순간 우리에게 안겨주는 '천사', '무릎에서 날개가 나다니!'. 시인은 '무릎'으로 '사이'를 통과한다. 그럴 때, '나는 본다. 그 수평의 길을 따라 걸어나가고 있는 여자의 뒷모습을'(〈분노일기〉). 이때, 기도는 신성한 것들과의 대화여서 '무릎'과 '모아쥔 두 손'은 종교적이며 신성한 것들을 향하게 되는데 이는, 육체가 열망하는 신성함의 표현이라는 점에서 주목된다.

> 그리고 이미지 수신자는 본다. 그 모아쥔 두 손들 사이에 연못으로 들어간 키큰 여자의 투명한 베일이 붙잡혀있는 것을…… 무수히 많은 두 손들 사이에 무수히 많은 투명한 베일들이…… 향기로운 미풍처럼 살랑이고 있다. 이미지 수신자의 가슴에 우주 끝에서 불어온 바람이 불어간다. 그녀가 "어머니!"하고 말하며 울음을 터뜨린다. 눈물은 별처럼 터진다. 별처럼.
> — 〈홀로그램 ― 氣化하는 연못〉 부분

"두 손"을 모아 쥔 시인의 가슴으로 "우주 끝에서 불어온 바람"이 "불어간다". 여기서 '불어간다'라는 표현에 주목할 것. 시인은 이미지 수신자의 가슴으로 바람이 '불어온다'고 쓰는 대신 "불어간다"고 적는다. 시인은 "우주 끝에서 불어온 바람"이 내면의 '사이'를 통과해서 절대자에게 직접 다다르기를 희망하는 게 아닐까.

4. 새로운 죽음, 영원회귀

이제 시인은 내면의 〈겨울여행〉을 제안한다. 이 여행은 존재론적 변화를 요구하는 제의(Ritual)의 과정이다. 옛날의 자신을 살해하기, 변모된 영적 자아로 다시 태어나기, 불결한 육체를 물과 피로 씻어내기, 즉 시인에게 있어서 제의는 존재갱신을 위해 반드시 겪어야 하는 절차인데 그것은 한편, 불완전한 삶의 조건을 극복하려는 종교적인 열망과도 닮았다. 그러니까 시 〈겨울여행〉은, 봄에 싱싱한 생명이 되돌아올 수 있도록 겨울 한복판에서 치르는 희생의 풍요제와 유사하다.

당분간, 찢어질 것 같은 고뇌가 엄습한다. 당신의 몸에 서리처럼 차가운 칼날이 와 닿는다. 그 칼이 당신의 배를 십자로 가르고, 그리고 어떤 손이 당신의 내장을 꺼낸다. 맑은 물에 내장을 헹궈내는 소리가 또렷이 들리고, 그리고 당신은 까마득히 혼절한다. 조금 뒤에, 당신은 따스한 손길에 깨어난다. 어떤 손이 당신의 몸 속에 다시 내장을 채워넣고, 당신의 몸을 쓰다듬는다. 가여워라, 가여워라… 풀벌레들이 조그만 소리로 노래를 부른다. 그 노랫소리의 의미를 당신은 정확히 알아듣는다. 혀 밑의 진주 알갱이들이 빠르게 굴러다닌다. 그 진주 알갱이들이 딩동 딩동 울린다. 당신은 저절로 그 노래를 따라부른다. 당신의 혀는 이제 꿀처럼 달다.

— 〈겨울여행〉 2연

"믿음의 형식으로밖에는 상정할 수 없는"(〈홀로그램 ─ 지혜의 관엽

식물〉) 어떤 손이 날카로운 칼을 쥐고 당신의 배를 쭉쭉 가른다. 쩍쩍 갈라지는 존재의 균열, 이것은 무섭고도 매혹적인 신성함에의 직면이다. 그것은 '다시 존재-되기'이며, '너무나 존재-되기'이다. 이것이 극적으로 시에 모습을 드러낼 때 우리는 흥미로운 이미지와 만나게 되는데 바로, '빛-먹기'이다. 먹는다는 건 감각으로 지극히 느끼기, 가장 적극적으로 '살'에 통합되기이다. 이것을 이해한다면 우리는 "아주 이상한 빛이예요 / 그건 먹을 수 있어요"(〈눈 내리는 마을〉)에 내재된 시인의 의도를 짐작할 수 있다. '빛'을 먹는다는 것, 그것은 가장 적극적으로 '빛'에 통합되기, 다시 말해서 존재의 결핍을 메우려는 의지이다. 존재의 결핍을 인정하기, 그것은 거꾸로 시인이 존재의 충일을 꿈꾼다는 뜻이다. 이 지점은 김정란의 시적 도정에서 일관되게 드러나는 핵심인데, 그러니까 김정란은, 끊임없이 자신이 '되고자' 시를 쓴다. 존재 갱신으로서의 시쓰기.

제의라는 말에는 필연적으로 "귀환"이 내재되어 있다. 시인이 "새로운 종족"(〈용과 싸우는 여자들〉)을 말하는 순간에도 생물학적 변종을 지칭하는 게 아니라 갱신된 종족을 가리킨다. 즉, 존재론적 귀환은, 이전과 동일하게 '돌아가기'가 아니라 새롭게 '돌아가기'이다. 그러니까 "근원으로 귀환하[기]"(〈고요연습〉)는 퇴행적 '모태회귀'를 뜻하는 게 아니다. 이것은, 시집 곳곳에 산재한 자궁을 환기시키는 이미지를 고려해도 눈치챌 수 있다. '물방울', '동굴', '겹쳐진' 방 등은 신기하

게도 자궁과 태반을 빼닮았다. 시인이 즐겨 사용하는 자궁의 이미지
는, 그러나 우리가 흔하디 흔하게 접한 자궁의 원형상징을 비껴간다.
시인은 자궁의 동사적 측면, 그러니까 자궁의 무정형의 움직임과 탄력
성, 안-바깥의 교통방식, 분화성 등에 주목하는 듯하다. 시인의 상상
력에서 이것은 탈근대의 양태와 유사하다 — 무정형성, 불확정성, 규
정의 거부, 진동하는 분화성 — 우리가 자궁의 원형상징을 시인이 응
시하는 자궁의 동사적 측면과 동일선상에 놓으면, 다시 말해서 '모태회
귀'와 '탈근대적 양태'를 겹쳐놓으면, 시인의 놀라운 전언을 엿들을 수
있다. 시인이 말하는 '귀환'은 단순한 '모태회귀'가 아닌, 제의를 통해
진화하는 영혼 각자가 연대하는, 생성의 '영원회귀'이다. 그렇다면 시
인은, 영혼의 진화라는 메시지를 전면에 드러내지 않고, 지속적인 제
의를 통해 조금씩 조금씩 공동체의 갱신을 도모하는, 영혼이 진화하는
과정 그 자체의 생생함을 우리에게 보여주려는 게 아닐까. 시인이 꿈
꾸는 공동체는 아래와 같은 풍경이다. 우리, '그 마을에 살러 가시지
않을래요?'

　　　그 마을 사람들은 누구나 집안에서 살면서 집 밖에서 산답니다
　　　모두들 너무나 사랑해서 그래요

　　　그 마을 사람들 살을 보셨어요?
　　　만지면 살짝 지워져요 만지는 사람을 받아들이느라고 그래요
　　　그리곤 다시 생겨나요 다시 주기 위해서요

내가 당신 어깨에 머리를 올려놓으면
내 머리에 맞게 당신 어깨가 안쪽으로 물러서요
그리곤 당신 팔이 내 허리를 안으면
내 허리는 툭 잘려요 소리까지 들리는걸요
싸래기 눈 바삭바삭 소리내며 동구 밖에 찾아오는 것처럼

그 마을에 살러 가시지 않을래요?
흰 눈 종일 조용조용 내리고
상처들이 비밀스럽게 편지를 주고받는 곳
당신도 나도 다른 사람들과 함께
이상한 빛을 생산하는 기이한 발전기가 되는 곳
— 〈눈 내리는 마을〉 부분

시인은 이 모든 것이 사랑으로 가능하다고 말한다. 그러니까,

사랑으로 나는 죽어가는 세계의 모든 생명들과 이제 막 태어나는 어린 생명들과 하나가 되고 싶다, 될 것이라고 믿는다, 될 것이다. 사랑으로 나는 나이며 너이며 그들이다. 사랑으로 나는 중심이며 주변이다. 사랑으로 나는 나의 상처의 노예이며 주인이다. 사랑으로 나는 나의 상처를 세계의 상처 위에 겸손하게 포개놓는다. 세계, 나의 아들이며 나의 지아비인 세계의 상처 위에. 나처럼 아프고 불행한 세계의 상처 위에, 가만히, 다만 가만히.
— 〈사랑으로 나는〉 부분

'가만히, 다만 가만히'의 자세로 사랑하기. 사랑은 대상과의 거리를 지우는 축지법이다. 비록 짝사랑이라도 마음은 대상에게 벌써 달려가 있다. 그런데, 사랑은 또한 한걸음에 당신에게 다다를 수 있지만 두 걸음에 당신을 지나칠 수 있는 눈 먼 축지법이다. 그러니까 사랑이라는, 당신과의 거리 지우기에는, 다다르는 방식, 곧 자세가 중요하다. 시인의 시에 자주 등장하는 연둣빛, 분홍, 눈(雪)은 시인의 기다리는 자세를 암시한다. 당신과 나의 스침에서 서로의 내면을 비워두지 않으면 각자가 스며들 수 없다. 연둣빛, 분홍, 눈, 꽉 껴안았을 때 당신과 나의 빈 공간으로 스며드는, 그리하여 서로가 서로를 채우는, 기다림의 자세, 시인의 겸손한 자세, '가만히, 다만 가만히'로 사랑하기.

표제시 〈용연향〉을 4부 뒤와 1부 앞의 '사이'에 위치시키면 시집의 구조 역시 '영원회귀'의 순환경로에 놓인다. '동일하게 돌아가기'가 아니라 '새롭게 돌아가기'의 회로도.

　　당나귀 등 위에
　　내 썩은 혀
　　한 짐

　　딩동

　　문열어라
　　　　　　　— 〈용연향〉 전문

느끼셨는지, 알 듯 모를 듯 갸우뚱하게 만들던 용연향이 어느새 방 안에 가득하다. 의미가 수줍어하는 '사이'에 시의 향기가 고개를 든다. 향기의 '사이'는 시 〈용연향〉의 '사이'만큼이나 우련하다. 용연향은 썩은 뒤에야 만들어지는 동물성 향료이다. 썩어야 만들어지는 향료, 이 것은 움직임이 정지되었을 때 비로소 움직임이 시작된다는 역설이다. 더 이상 움직이지 않지만 그것 때문에 움직임의 어떤 요소 안에 자리할 수 있다는 것, 그 어떤 요소의 '사이'가 다른 향료와 작용하는 생성의 공간이 아닐까. 용연향은 다른 향료와 작용하여 영속적인 향기를 낸 다. 그러니까 용연향은 주체를 반성한 향기이다. 같이 있어야 생성되는 향기, 공동체로 존재해야 생성되는 향기. 이때 "딩동"! 이것은 존재가 요청하는 소리이다. 정적을 깨뜨리고 세계를 탄생시키는 창조의 소리, 존재의 '열림'에의 열망, 여리고 성벽을 무너뜨렸던 이스라엘 사람들의 고함이다. "딩동 // 문 열어라".

하지만 어쩌면 문이 열려도 세계는 여전히 어둡고 '삶'을 사는 동안 우리는 또다시 "눈물의 방"으로 들어가야 할지 모른다. 상처 입은 짐승이 작은 동굴로 숨어들 듯 눈물의 '작고 작은 방'에서, 어쩔 수 없이 '혼자, 혼자서', 흔들리는 인간 본연의 모습. 그러나 바로 그것 때문에 우리는 다시 꿈꿀 수 있다. 다시 꿈꾼다는 것, 그것은 흔들리는 '사이'의 공간에서 생성의 핵폭발을 가능하게 하는 불씨이다. 김정란의 시는 '사이'에서 우리를 다시 꿈꾸게 한다.

김정란은 줄곧 흔들렸다. 초기시의 "인류의, 타락한 종족의 방황이

신을 겨누고 흔들렸다"에서의 흔들림에서, "내 존재는 기댄 채 흔들린다"(〈여자의 말―그 여자, 가만히 입구에서 뒤돌아보네〉)까지, 고립된 단독자에서 존재의 나뉘어진 통일체로 탈근대의 풍경을 통과하게 되기까지, 대지로, 우주로, 공동체적 자아를 흔들리면서 생성하는 지금까지도, 시인은 이렇게 말하는 듯하다. 우리에게 존재 갱신의 열망만 있다면, 오, 무릎에서 파다닥 날아오르는 천사, 우리가 같이 걷는다면, 존재가 요청하는 소리 "딩동"! 존재여, 세계여 문열어라!

김정란

1953년 서울 생. 한국외국어대학교 불어과를
졸업하고 프랑스 그르노블 Ⅲ대학에서 문학박
사 학위를 받았다. 1976년 등단하여 《다시 시
작하는 나비》,《매혹, 혹은 겹침》,《스타.카.
토 내 영혼》 등의 시집을 냈으며, 《비어 있는
중심 ― 未完의 詩學》 등의 평론집과 《상징,
기호, 표지》 등의 번역서가 있다. 홈페이지 :
http://www. womanliterature. net

나남포에지 · 002

용 연 향

2001년 10월 25일 발행
2001년 10월 25일 1 쇄

저　자 : 김　정　란
발행자 : 趙　相　浩

발 행 처 : ㈜ **나 남 출 판**

137-070　서울 서초구 서초동 1364-39 지훈빌딩 501호
전화 : (02) 3473-8535 (代),　FAX : (02) 3473-1711
등록 : 제 1-71호(79.5.12)
http://www.nanamcom.co.kr
post@nanamcom.co.kr

ISBN 89-300-1501-6

값 7,000 원